三分傻气

张伯苓 著

光明日报出版社

图书在版编目（CIP）数据

三分傻气 / 张伯苓著 . -- 北京 : 光明日报出版社，2024.4

（民国大师家风学养课 / 廖森焱主编）

ISBN 978-7-5194-7842-1

Ⅰ . ①三… Ⅱ . ①张… Ⅲ . ①中国文学—当代文学—作品综合集 Ⅳ . ① I217.2

中国国家版本馆 CIP 数据核字 (2024) 第 056128 号

三分傻气

SAN FEN SHAQI

著　　者：张伯苓

责任编辑：徐　蔚　　　　责任校对：孙　展

特约编辑：胡　峰　何江铭　　　　责任印制：曹　诤

封面设计：于沧海

出版发行：光明日报出版社

地　　址：北京市西城区永安路 106 号，100050

电　　话：010-63169890（咨询），010-63131930（邮购）

传　　真：010-63131930

网　　址：http://book.gmw.cn

E - mail：gmrbcbs@gmw.cn

法律顾问：北京市兰台律师事务所龚柳方律师

印　　刷：天津鑫旭阳印刷有限公司

装　　订：天津鑫旭阳印刷有限公司

本书如有破损、缺页、装订错误，请与本社联系调换，电话：010-63131930

开　　本：146mm × 210mm　　　　印　　张：6

字　　数：155 千字

版　　次：2024 年 4 月第 1 版

印　　次：2024 年 4 月第 1 次印刷

书　　号：ISBN 978-7-5194-7842-1

定　　价：49.80 元

张伯苓（1876—1951），原名寿春，天津人。张伯苓是南开小学、南开中学、南开大学等南开系列学校的创办者，他与严修先生一起制定了南开校训“允公允能，日新月异”。主张德、智、体三育并重，尤重德育；提倡科学，重视体育运动。著作编为《张伯苓教育言论选集》等。

允公允能　日新月异

目录

第一章 欲成事者须带三分傻气

事出于诚，即无不成，偶败亦必有恢复之一日。

第二章 教育是一切的根源

教育事业，既关国家百年大计，尤应督促进行，奋自勉励。

第三章

中国的富强之路

肯对青年下功夫的人，
乃是真的爱国的人。

第四章 南开的记忆

以中国历史、中国社会为学术背景，以解决中国问题为教育目标。

事出于诚，即无不成，
偶败亦必有恢复之一日。

欲成事者须带三分傻气

第一章

谈戒赌

寒假在迩，诸生多将回家，归则易与社会相习染。近日世风不竞，邪辟是尚，至于赌博，尤奉为时髦。故临诸生之行，吾不能无言以戒。

夫人性好胜而多贪，少年尤甚。当闲暇无事或手中阔绰，则易感赌而成癖，故由元旦至元宵，青年坏去什九，直谓之赌博养成期可也。迨习惯既成，夜以继日，废寝忘餐而不肯舍。于是减食也，妨睡也，阻身体发育也，以至丧德败名，废业倾家，诸恶果随之以生。此后，居官则贪婪而枉法，就事则济私而忘公。其害如此，而一般人士犹沉迷其间，视为高雅，岂以其百害尚有一利乎？能增知识乎？能充精神乎？能致富兴家乎？抑以舍之而不能优游以乐于斯世乎？吾知其谬也。

我校期造完人，想诸生亦能恪守校规，不至有上述恶习。然一旦离校归家，则吾恐随流扬波，或竟为社会所移易。诸生皆为有思想之青年，曷不于归家之前立志戒赌。于己则谨慎以防，于亲友则善言以劝，庶几正己、正人，不负汝辈之青年，不污我校之名誉。虽然人性好动，少年时尤不喜静，故饱食终日无所用心，难矣之言，尝为癖赌者所借口，是以去消极须增积极，欲戒赌则须觅益事，益事不增赌癖不易革也。校中寒假乐群会，于功课、于运动、于游戏，皆已筹备有条，不徒不虚掷时光，亦可得书外兴趣。若归家诸生能仿之以行，或散步谈心，或学新温故，则心旷神怡，乐而忘倦，无暇为赌魔所惑矣！果尔，则假后归来，虽未仅学课而所获之益，当有优于课堂者矣！

勿畏难，勿自轻，须知欲作一分事须受一分苦，诸生非欲勉为新世界之主人翁乎？所谓主人翁者，须忧社会之忧，急社会之急，而非若奴隶辈之惛惛懵懵可得而放弃责任也。欲不放弃责任则自戒赌始。

1916年2月23日

欲成事者须带三分傻气

我校运动会今已毕矣。余今日即借此题讲演，因此事近且亲切，当较讲数千年前之经传为有意味也。

德智体三育之中，我中国人所最缺者为体育。欧美之道德多高尚，公德与私德并重。我国人素重私德而于公德则多疏忽，近则于公德亦渐知讲求矣。欧美人之知识发达，学术皆按科学之理得来。我国人固望尘莫及，然其学术发达之年代尚不为久，我国人竭力追之，犹可及也。至体魄，则勿论欧美，与日本人较，已相差远矣！

去岁，袁观澜先生观天津联合运动会，甚以为善。在教育部中竭力提倡课外运动，良以中国人之身体软弱以读书人为甚，往昔之宽袍大袖者皆读书人也。今日学校生徒，若非提倡运动，其软弱亦犹昔耳。

我校运动会取普及主义，近两年来改计分法，上场人甚多，而成绩亦美。今年有数门之成绩尚较去岁华北运动会为优者，可见竞争之效也。

此次运动会，有新学生数人进步甚速，而旧学生反有失败者，此因其自满与不自满之故耳。凡人作事切忌自满，自满者，作事不成功之兆也。汝等不可自满，生存一日，即应求一日之进步。

竞争时，或因好胜之心过大，而不免有不正当之举动，此最宜切戒者也。即使用不正当之法，幸能胜人，而于道德已有碍矣。大凡有真才能者，必不肯用不正当之法以求胜人，如郭毓彬赛跑，纯恃其双足之力致胜。唐人咏虢国夫人诗云："却嫌脂粉污颜色，淡扫娥眉朝至尊。"貌美者，不借修饰也，某女校禁止学生修饰，某生不从，修饰甚力，问之则曰："吾貌陋，非修饰不足以掩丑也。"然不自知愈修饰愈见其丑也。运动者而求以不正当之法胜人，必其自无才能，亦彼女生之类也。

有几班跃高，好择竿之弯者而用之，曰以前某班即如此也。噫！是何言欤？在校见他人用弯竿，己遂效之，而不问用弯竿之正当否也，则他日出学校入社会人皆用弯

1919年，张伯苓（左）与芮恩施（Reinsch）合影。

竿，尚能望其独用直竿也乎？曰人用弯竿，而我用直竿我岂非傻哉！曰：然。欲成事者，须带有三分傻气。人惟有所不为也，而后可以有为。不问事之当否，而人为亦为，滔滔者皆是也。汝等若亦知此得处之道，则可出校入今之社会矣。见他人用弯竿，而已遂效之，此种事所谓引诱也，当力绝之。且夫用弯竿之易于多得分数，不难明也。虽小儿亦皆知之，汝用弯竿，人岂遂谓汝智乎！亦缺三分傻气已耳。

凡欺人者，即幸能欺其所欺之人，亦必失信于其旁观者，自损名誉，难逃人眼。若二人合谋欺一人者，其后必自相争，虽一时巧弄谲诈，使人莫我知，终亦未有不声闻于外者。林肯有云："虚诈可欺少数人而不能欺全世界；可欺人于一时，而不能欺人于永久。"其言信然。虚诈之事，一旦发露，人将群起而攻之，可不惧哉！人思至此而犹不急退自返者，是在知识为不足，在道德为软弱也。

人人具好争心。教育家善导之，使趋于正，则所争无往而非善也。苟一不慎，而稍事放任，则所争易出规矩之外。本校开运动会时，各班皆力争第一，宜也。然二十余班，不能皆得第一，终必有失败者。失败之后，尤须加意练习，毋得因是沮丧也。西人有言：为赢易，为输难。输非难也，输而能不自馁，不尤人斯难耳。凡成事者，中途必受折磨，须胜过此种阻力，不因失败而灰心，而后始有成功之一日。此种精神，为中国少年人所最要者，汝等共勉之。

1916年5月10日

南开的训练方针

近日时局不靖，国人因相习已久，未尝稍生恐惧，致妨事业之进行，此亦可谓民识之一进步。此次变乱之范围，果将如何扩大，此际尚不敢定。然无论如何，其均不足以解决中国之根本问题，则是吾人所敢断言者。江浙诸省及北京方面之教育界所受影响颇巨，言之可痛。再北京之私立大学，近日数目顿增，夷考是实，则大多数乃专为欲分润各国将退还我国之庚子赔款。但吾人从一方面观之，此种现象之存在，固由于各省中等教育之不良，或由于政府办理大学教育之不善，或范围过小；然深一步观之，则可知皆由于国内政治之不良，不然，则此种反常之事实万不能发现也。美国因退还中国庚子赔款余额，已派专员孟禄博士来华。孟禄氏之预定，本拟速将管理此款之中美委员会举定，其中美国五人，中国九人。但现仍未能将人妥实举出（记者按：十八日《晨报》载此委员会人名单，读者可参见之），此种迟延不决之习惯，真为中国人之病根矣。

国内武人颇有主张，以各国退还庚款筑路，然后再以路政收入充教育基金者，其言未尝不能成理。然按之国内已成各铁路营业并不赔累，其赢余果归于何处？彼等又有谓筑路可以助国内统一者，然按之实际，京奉路固早已通车，何近仍与政府俨然成对乎？总之，年来武人盛倡武力统一，至于今日之情势，几非用武力不可解决亦可悲矣。

值此等混乱之际，本校尚能安稳开课，实属大幸；然因之乃发生一最重要之问题，即解决中国之时局果需要何种人才是也。盖吾人于此际既不能决然助何方，则必须养成将来解决国事之人才，其事甚明。然训练之方法何为？中国最需要之人才系建设者乎，抑破坏者乎？以吾现在中国现状一部分需破坏，一部分需建设。于是本校训练之方针，乃专注意此两种人才所必具之基本性质，约言之可得三种：其一曰，志大而正；其二曰，具胜困难与试诱之毅力；其三，为永远进取之精神。此外尚有一种特质，曰创造的精神，其重要尤巨。然此种特质只能于少数特才者见之，殊不能如其三者之希望于每人也。日后得暇当一详论之。

1924年9月11日

奋斗即是生活的方法

近几个月以来，我对于公众聚会，可以辞脱的总辞脱。因为我连月来都在解决零星片段的问题，心思也就不能联络一贯，说出话来恐怕也没甚意义，所以我不愿参加聚会演说。但有几次不能辞脱，不可不去说几句话的。如同在津的出校同学上次在国民饭店春宴，到的人数很多，主席马千里先生要我演讲，我就用了十分钟的工夫，谈了一会话；春假的时候，北京的南开同学会在京会宴，主席也叫我做了十五分钟的谈话。这两次的谈话，意旨都是一样的，不过字句间有不同。这两次谈话时间都很短，不能畅所欲言。我本想用几天的工夫，将那番谈话的意旨演绎出来，和你们谈谈；但这几天我仍然在解决着片段的问题，直到今天早晨，才抽暇想了一想，现在就和你们说。

我谈话意旨的大概是奋斗即是快乐，或者说奋斗即是生活的方法。当时在座的出校同学，都是已经脱离学校，在社会上寻生活的。他们既然在各界任事，顺逆也有不同，但是，假若一遇到逆意困难的事就精神颓丧，不高兴，那么，做事的能力也就一天一天减少，生活还有什么趣味。所以我对他们说："处世要有奋斗精神，要抱乐观态度。失败了，再继续着奋斗。我们并不是决一死战，一次失败，就永远失败了，没有进取的机会。我们应当仍然向前干去，努力，奋斗。即使偶尔侥幸胜了，也不要以此自骄自满，仍然本着奋斗的精神，向前途努力。但是还有一样很紧要的，就是抱乐观态度，不要对于生活和环境发生厌倦。比如你家庭中天天见面的陈设，年年如此，丝毫不改，久后就怕生厌了；那么你何不将陈设的地位改换一下，或者加些油漆，不也就焕然一新了么？讲个笑话吧，诸位结婚都已多年了，假如对于诸位的夫人感着太熟悉、太平凡了，那么，何不给她做件新的衣服穿穿，不也就换了个样儿么？人的生活能够永新，他的精神也就永新，而他对于奋斗，也就自然感着兴趣了。"

我这番话，你们也许不懂，这因为你们还年轻，还没有经验。在京的出校同学，大多都是四十岁内外了，他们踏进社会已有十几二十年，并且现在都有职业，也经过些艰难困苦，我看他们都能了解我的意旨。他们在校的时候，我也曾和你们现在谈话一样和他们谈话，这次不过是在他们在人生的旅程的中途，我再提醒他们一句罢了。你们将来也是要走向人生的大道上去的，那么我何不现在就告诉你们，保持着你们的生活，使它永新；保持着你们的精神，使它永新；本着这个永新的精神，来应付这人生一切的问题呢？

我总以为，世界上的一切是人创造的。我们的生活是创造的生活。我们应该本着奋斗的精神，创造一切，解决一切。能够如此，你才能对于生活发生兴味。否则虽然你年龄幼稚，而你的精神却已衰老了。我们更不应该对于现在感着满足，因为我们生活的目的是奋斗，不是成功；是长进，不是满足。我们能说，我们只要长进到某一地位，奋斗到某一步骤就行吗？我小时候曾见一富家子弟，那时他已二十多岁了，染了吸鸦片的嗜好，每天睡到下午五时才起身，冬天披了重裘还嫌冷。这种生活岂不是受罪吗？哪来的快乐？我那时批评他是没福享受。现在看来，原是他自己不能奋斗。而考察他不能奋斗的原因，却是他家富有，他对于当时的生活已感着满足，不想再上进。如此看来，多财的确是消磨青年人志气的大原因。青年志气一消磨，对于生活觉不出兴趣，事事都觉着呆板、单调，对于年年的花发、旦夕的风雨，都怀着厌倦，那生活着又有什么意义呢？倒不如自杀了。其实，生活是那么无意义吗？是那么困难而枯燥吗？那却不然，只是他自己没有志气，精神颓丧罢了。

那么，怎么可以使我们感着生活的兴趣呢？唯一的答案，就是奋斗！我们须放大眼光，勿对于一己的利害患得患失。我们应做有益于群众的事业。侥幸胜了，不足为喜，因为我们的目的只在一辈子的奋斗，而不在一时的胜利。假如败了，也不要失望，因为失望能使你精神颓丧，减少你奋进的勇气。有人批评我是苦命的牛，要拖一辈子的车。不错，让我拖一辈子的车，这就是我的希望，这就是我生活的目的。

近百年来，科学发达，知道人类是逐渐演进的。那么，我们的生活，当然要永远向前进步。我们应该认定：不断地长进，是我们生活的目的；永远地奋斗，是我们生活的方法。我们绝对不能故步自封，安于现状。我们须本着奋斗的精神，采取乐观的态度，从事于我们的创造的生活。

1925年5月4日

〈补录〉原编者按：上期（《南开周刊》一二一期）特载栏刊登《奋斗即是生活的方法》一稿，据校长与记者个人谈话云，除该稿所记各节外，尚有余意未申者，特为补录如下：

人类生活永新，则对于奋斗不致厌倦。惟更新生活之方法，亦须出以慎重。其能处之既久而增加吾人之奋斗能力与勇气者，斯为有益的、良善的变换。若处之久而反将吾人奋斗之力与勇气消磨减少，则又何贵有此一变换哉？故当吾人更新生活之际，其最需注意之前提，即吾人所谓之新的生活，是否能增加吾人奋斗之能力与勇气。换言之，亦即是否能有益于吾人也。

1925年5月11日

学行合一

上期周刊登了陶知行先生为本校教职员演讲的一篇稿子，题目是《教学合一》，大家想都看过了。陶先生的意思，说教学应当合一。他的理由是：一、先生的责任在教学，在教学生学；二、教的法子必须根据于学的法子；三、先生不只是教学生学，并且同时自己也要学。我对于他第一个理由，还有些意见，陈先生已约略地写了几句登在周刊上。现在，用这几十分钟，我再和大家讲讲。

我的意思，以为以前的“教书”“教学生”，固然是不对；但是“教学生学”就能说是已经尽了教之能事了吗？这个，据我看，还是不够，应该再进一步，教学生行。中国古代的教育的特点，教学生行也可算是一个。我现在可以举几个例，来证明孔子的“教学生行”。

《论语·学而》章有几句话：

> 子曰：弟子入则孝，出则弟，谨而信，泛爱众，而亲仁；行有余力，则以学文。

这里所谓的“孝”“弟”“谨”“信”“爱众”“亲仁”，不都是关于“行”的方面的吗？你看他底下接一句说：“行有余力，则以学文。”他对于“行”，是何等的重视！反观现在的知识阶级里的人，多半是学有余力，则以求行；只顾求学求文，反把“行”一方面视为次要，甚且毫不注意。这是什么道理呢？难道说古人须讲“行”，而今人可以不顾吗？

再看《中庸》上的一段话：

> 博学之；审问之；慎思之；明辨之，笃行之。

这几句话将我们求学的步骤指点得清清楚楚。我们要博学，但是仅仅听受得很多，而不加以讨虑，他人怎样说，我们怎样听，没有丝毫怀疑、思索和辨明的功夫，那又有什么益处？所以那“审问”“慎思”“明辨”三步是必需的了。这几步功夫都有了之后，可以说声“知道了”就算完事吗？仅仅“知道了”有多大好处？所以“明辨之”之后，接着就是“笃行之”。着重还是在一个“行”字。

左上图为木斋图书馆正面，左下图为木斋图书馆落成典礼，右图为木斋图书馆纪念亭。1923年，南开大学虽然迁往八里台新址，但资金短缺，尚无条件修建像样的图书馆，而学生与日俱增，设在思源堂内的图书馆远不能满足师生阅读需要。1927年卢靖从老友严修处得知此情，慨然允诺捐出十万元，为南开建造图书馆。为纪念卢靖嘉惠学子的盛举，新建馆舍命名为“木斋图书馆”。1929年南开大学特地立碑建亭以示纪念。

再举一个例来说吧，《论语·雍也》篇说：

哀公问："弟子孰为好学？"孔子对曰："有颜回者好学；不迁怒，不贰过……"

哀公问的是谁好学，孔子答了颜回好学，似乎就可接说"不幸短命死矣"。可是他却插入"不迁怒，不贰过"两句，这是论他的"行"的。由此可见孔子心目中的好学，乃学行并重，而不是死捧书本的。

有些人以为"教学生行"很困难，在现在这个时代，无从着手。譬如你教代数，教他行X呢？还是行Y呢？并且，现在学科这么繁多，顾功课还来不及呢。诚然，现在的社会，比从前的复杂得多。一个人的知识，也应当比前人的多，才能处在社会里头。所以"知"的方面的科学等等，应当多多教授。但是，仅仅得了许多的知识就能满足了吗？"学"的一方面即使十全十备，而"行"的一方面丝毫不注意，这样能算是个完人吗？这当然不对。所以，我以为最低限度，即使"行"不比"学"更重要，也应当"学""行"并重，不可偏废。

学行并重，我们知道是应该的了。但是，怎么“行”呢？是否教工程学的除了课本上的知识而外，还教学生实地练习就叫做“行”？这个，并不是我所谓的“行”，也不是古人所谓的“行”。我所谓的“行”，是行为道德。提起道德，我又有些意见。近来一般人以为人类是动物的一种，他能够生存，他当然不免有欲望；可是一人能力有限，要合多少人，才能使生活的欲望满足；在这共同的努力的关系上，发生出公共的道德信条。这种说法，是从利害上着眼的，而不是从是非上着眼的。现在的人，可以说他们是智者，因为“仁者安仁，智者利仁”，他们都是从利害方面去观察的。这个，固然也是一时的潮流所趋，不易避免。但是我们既然觉出他的错误，就应该力自拯拔。像《论语》里曾子所说：“吾日三省吾身：为人谋而不忠乎？与朋友交而不信乎？传不习乎？”那么自己监督着自己。对于学的一方面，也同样的重视努力，使学行两方，平均发展。世界上的人全能如此，那么，现在的那些奇形怪状的事情，早就不致发现，而我们的生活也早就安宁而美满了。

时间匆促，不能多说。现在，让我把我的意思总结起来说吧：现在社会上的变迁很大，而多流于偏废，只重物质，不重道德。尽管“学富五车”，而行为可以私毫不顾。这种错误，我们既已觉察出来，就应极力矫正，学行并重，才可免畸形发展的弊病。所以，现在的教育者，不但是不能以“教书”“教学生”为满足，即使他能“教学生学”，还没有尽他的教之能事。他应该更进一步，“教学生行”。“行”些什么？简言之，就是行做人之道。这样，才能算是好的教育。

1925年12月17日

要务实，不要空谈

今天开会为本校二十五周年纪念会，在今天不得不想起本校成立时第一次开会的情形。那时在本校创办人严先生家内，教员、学生、校役一共不到百人。现在教职员学生合计起来有二千五百多人，可证二十五年来的进步。但进步是世界的潮流，不只我们进步，世界各国全是进步。如日本的庆应、早稻田等著名的大学，二十六年前我曾经参观过，去年赴美，路经日本，再去参观，较前进步很多。美国哈佛、耶鲁等大学，从前我亦参观过，现在再看，进步很大。就如英国是守旧的国家，学校如牛津等亦是守旧的学校，但亦有许多进步。世界进步，学校亦随着进步；学校进步，世界亦随着进步。单就中国而论，虽连年战争，许多学校也是进步，固不独南开如此。再说创办

上图为1908年南开中学堂学生200人合影，下图为1918年南开学校学生千人合影。仅1912年到1919年间，南开的入学人数平均每年增长率就高达26%。

人严范孙先生，是中国一个有学问的人。但是他所以能为人佩服，是因为他能够务实。他念书是把书念在身上，不是念在嘴上或手上的。我们学校能从他的家里建起，就是能务实。世界所以能进步，亦是因为能务实。所谓科学方法者，亦就是能务实，不尚空谈的。学校离开他的家里以后，进步依然如旧，是因为借着严先生的精神，所以才有今日。此外，还有应该感谢的是社会。社会上帮我们忙的人很多，或以人力，或以财力，无不竭力帮助，使南开继续发展。但是我们所以有今日，其他的原因还是很多，一样一样地来说，亦说不完。不过担任职务学科的诸位先生，时时想法使学校进步，及全体学生之爱护学校，亦是学校进步的主要原因。

现在学风很不好。学校时有风潮发生，独南开没有，并不是没有，就近来大学、中学的两次风潮，全是学生自己引起，而自己察觉出自己的错误，能够立刻自己求补救的，这就是有自觉自治的精神。总之我们所以进步而至今日的，全由以上这几点。最近出去九个月回来，不误这个会期，所以今天很高兴。不过有一件事最难过的，就是严老先生的故去。不过死是人人免不掉的，他七十岁死，不算是夭亡，希望大家继续他的精神去做，以谋下个二十五年的进步。

1929年10月17日

从小处作起，脚踏实地去造新生活

近几年来国人对于“运动”这个名词每发生疑虑，甚或觉得讨厌。再为所谓“运动”者，只贴标语、喊口号、闹打倒，都是些只知责人不知责己的不收实效举动。新生活运动或许是受了外侮刺激的影响，却不是这样，从找自己缺点上下工夫，来引咎自责，勉励本身。正如古人说：“失诸正鹄，反求诸其身。”射箭不能中，不要怪罪靶子放的地方不正，应该反躬自问射箭人身体站的姿势是否适宜。这种自己改良本身的缺点，才是真觉悟。这种觉悟，可以说是新生活运动最有价值的意义。

想到自己的短处，以前虚矫之气便立刻减少。不禁生下列两种心理：第一是“耻”。耻我之不如人。试看日本人除去压迫中国使我们愤恨外，哪一样不让我们佩服。何以人家能作，我们中国人不能作？

第二是“惧”。惧我之不能生存。在这二十世纪世界中，人家欧美各国那样强盛，为生存问题还千方百计昼夜苦干，我国这种情形又怎能苟延残喘？

不过“耻”“惧”之下，我们不能自馁，必须发愤努力去作。因为新生活在个人方面是改习惯；团体方面是易风俗。照心理学说，改坏习惯不是一件容易事，应该多用改正工夫，须较养成习惯时加一倍力量，常常的作，屡屡的作，方可成功。所幸“耻”“惧”两种心理是很好的动力，我们明白此中真义，个人改习惯，团体换风俗，并非难事，正如孙中山先生说的“知难行易”。

新生活的实作，是从小处作起，大家不要轻看小事，积小可以成大。刘先生对阿斗说，“勿以善小而不为，勿以恶小而为之”，正可以作一个很好的注释。这次本会所开的十个信条，七个戒条都很简单，大家若是彻底地而且持久地作，将来的成功，定可预卜。有人说这些信条、戒条已经有许多人逐条行过，然而新生活运动是民族的，一二人或少数人，独善其身没有用，必得大家一齐来作。今天在座诸位都是各界领袖，正好由诸位以身作则，来领导这个运动。古人说：“君子之德风也，小人之德草也，草上之风必偃。”

在新生活运动中大家万不可自暴自弃，以为我们造新生活是不可能。最近有友人自南昌来说，那里大街小巷全都整齐洁净，路上行人极有秩序。由是可见新生活不是不可能。

最后我盼望河北省方面的新生活运动，最好由政界担负监督责任，学界担负讲演责任，报界担负宣传责任，大家深切了解我们的“耻”和“惧”，从小处作起，一步一步彻底地、持久地、脚踏实地地去造新生活！

1934年5月5日

认识环境，努力干去

开学那几天，因为学校的事到南京去，所以没得和大家谈话。今天借这个机会，和新旧学生稍微谈谈现在的情形，看看本学期咱们应当怎样做法。

这一次始业式是许多次始业式的一次，可是环境有了许多的变化。我们先要认识环境，再说怎么样应付环境。不能应付环境，要被淘汰。教育是帮助人应付环境的。既然要认识环境，今天就把个人所认识的所感想的说一说。最近几年，特别是最近几个月，有个很不安全的感觉。我们自以为是一个国，而这个国可是没有门，没有墙，这怎么好！以前我们住在什么环境里呢？以前的环境，四面的墙一齐倒，彼此互相支持住，没有倒下，我们就在这个环境下住了多少年，觉得很安全。大家在底下还要乱打乱闹，你看该死不该死！现在几面墙都塌了，有一面墙要整个地倒下去，自己又没有柱子支着，让它倒又受不了。早也不知干什么去了，抬头睁眼一看，各方面的势力都跑了，只有一个大势力来啦，如“冰山之释”，这是多么不安全！中国人真有这不安全感觉了吗？不完全都有。我希望我们南开的人，都有这个感觉。以前的事，不能说，也不必说了，在墙下胡闹的机会，再没有啦。以前的事情，人人都应该负责，我也是应该负责的。

有这不安全的感觉，应该怎么样呢？第一，不要像从前说孩子话，什么痛快说什么。回想前几年，小孩子气到万分。学生固然如此，甚至执政者也这样。现在这种举动万万不要有。快快想法子盖墙、盖门（要是懂得这个话，就是国防）。院子太大，不能都盖，哪怕盖一个角呢，也比不盖好。记住啦，在这个不安全的情形之下，第一，不要随便说话，第二，快快盖自己的墙，挡住那猛扑而来的势力。墙倒下来，大家一同都要死的。以前闹私的感情，闹意见，现在不要这样了。

这几个月以来，我的第二个感想就是以前做的事情，满不彻底。我觉得我自己做的事情，也不彻底。这并不是谦虚。我盼望南开的人，此刻都大彻大悟，万不要因为小小的成功和进步而得意。我常想我们提倡体育，已有三十多年，体育比以前进步得多了。以前，长指甲，走路都走不稳。以前跳高跳四尺多就了不得啦，现在差不多到了六尺了。跑啦，篮球啦，都比以前进步多了。我们在国里觉得自己的进步，到了一开远东运动会、世界运动会一比，就不成了。我们进步，人家进步得更快。你要知道，自己进步是没有用的，有一点不如人，全局输了，自己的一切进步都没用了。所以彻底还要彻底，紧还要紧。自己认为小的进步不算，非彻底不行。说是比从前好得多了，等于白说，试看看别人的进步怎么样。现在情形这么险，我们应当怎么样做。上一次我对中学说话，提出了三个要点，我现在也给你们说。

第一，中国太自私，不能合作。无论什么时候，什么事情，都可以看到自私的现象。我常坐在一旁，自己不说话，听人谈论，很少有人说到为公为国。例如做买卖吧，买卖是大家的，人人都要入股才行，人人都要提款，那岂不是坏了，岂不是糊涂么？又例如一个航海的船，全船要沉了，还有些人只管坐在舱里守着自己的财宝，看得太小

张伯苓教导学生要重视合作。他不仅在演讲中用拉绳来举例子，还亲身实验这个拉绳例子，让学生更深切地体会“合则力强，分则力弱”的道理。

太近。我们这些人不有总名称么？分开说罢，你姓这个，他姓那个，你是这省人，他是那省人，你是南开，我是北洋，但是这些人有总名儿，就是“中华民国”。总的东西要叫他存在，自己才能存在。要想叫他存在，看为他努力的人有多少。想着，真险呀，向公家添煤添油的人太少，揩油的人太多，这如何能好。

年长的人快死了，不要管他们，希望都在青年人身上。我在中学礼堂讲演，看着男女中学学生一千七八百人，真精神，我高兴。我今天看见你们，我也高兴。青年人要顾公，不要净顾自己，从自己起，每天想三回——我真爱国么？我自己对公家有好处吗？我自己对公家有害处吗？

你自己这样问你自己，你们都这么大的人，也用不着我给你们说什么是好处，什么是坏处。

中国人的自私心比各国人都大。就知道为子孙为家族，可是不知道为国。中山先生说知难行易。做着容易，就是这个“知”真难。中国人几时才知道为国，知道无私就是公？我有一个比喻，旧学生听过多次了，新学生还未听过。我到各处学校演讲，用拉绳来比划。绳子一共是六根。一个气力大的人拉一头，那五个人要向一处拉，就拉过来了；五个人分向各处拉，就拉不过来了。这样浅的理，何以不懂呢？懂，为嘛不做呢？就是太私。要下修养工夫，练习公。这次在南京给遗族学校讲演，学生都是七八岁的小孩子。我问他们："你是哪一国人？"他们说是中国人。有没有没人的国？他们说没有。中国人多不多？他们说多。中国强不强？他们说不强。为什么不强呢？小孩子说，不能团结。小孩子都懂。我痛快极啦。可惜的不是真知，不能做。拉绳懂了，别的事还是不懂。中国的事很简单，只要懂得这个道理，就易如反掌。中国人多，又不傻，地又大，何以不好？由于不能团结，太自私。公由哪里起？由一班、一个学校起下工夫，练习为公。

中国人还有一种特性。小孩大人一样，总不愿别人好。大家在一块谈，谈到别人的坏处，大家精神百倍；说人好处，就不高兴了。好像不愿中国有好人，这就是亡国的根源。我在南京，提议组织一个会，专写匿名信。匿名信本是骂人的，我们以为一骂他，他就可以做点好事，其实，他更不做好事。所以要写捧人的匿名信，叫他今天接一封，明天接一封，日子长了，他高起兴来，尽力做好事。我常听人家说别人坏，大家都来了，再加点东西，这如何能好。我头一句话，总是想为他辩护。孟子说："纣之不善，不如是之甚也……天下之恶皆归焉。"中国人愿意国家好，可是不愿意有好人，这都是自私，度量不大。现在，我给你们想几句话：

你是中国人吗？是。

你爱中国吗？爱。

你愿意中国好吗？愿意。

那么你就要得愿意中国人全都是好人。

不要太狭隘，彼此要往上长，不要往下长。总是批评人，那是往下长。譬如开一个运动会，有人代表南开跳高，你愿意他折坏腿吗？愿意人好，还是愿意人坏，你们可以拿这个试验自己，试验别人。现在倒霉时候，不愿别人好吗？要改，非改不成。

第二个要点，论个人聪明，中国人比日本人高。这是浮聪明。凡是有打算盘的事，中国都有小聪明。聪明是生来的好处，不是自己的，努力才是真正自己的。个人聪明，中国人高，可是团体的聪明，就不如日本了。中国人没有至诚，不恳挚。做事没至诚，不恳挚，是不成的。有的先生告诉我说，有些学生很聪明，就是不用功。我说，有这样的学生，你告诉我是谁，我把他找来，我打他。因为他暴殄天物，辜负老天的好意。（听众笑）

你看人家外国人，都那么诚诚恳恳的，中国人总是那么飘飘摇摇的，我想给中国人加上点重量，中国人要傻不唧唧地干。中国人一事无成，要傻干。中国人没有分量，一吹就跑了。我给你们每人加上三十磅，各个人都加分量，沉住了气，不要说风凉话。说嘛就是嘛，要实做。中国人不如人的，不能合作，不能诚诚恳恳地干一下子，知难而退，浅尝辄止。应当“继续努力，以求贯彻”。你不是学过力学吗？力学上一个物体，加上一个力量，力量不断地加在物体上才怎么样？才有加速度，越加越快。假如浅尝辄止，就不能有成就。中国人不能咬牙干。要诚，要皮戆肉厚，脑筋迟钝。不成功，就要死。现在要改造国家社会，非有傻干的人不行。如有人露小聪明，我不爱；假如有傻不唧唧的，我说这孩子好，结果一定好，将来能为国家做事。中国人好像个个是大少爷，穿得漂亮，说话漂亮，一遇到难处，就担不住了。也不能受冻，不能挨饿，都是大少爷、大小姐，少爷国是站不住的。你们人人都这么嘱咐自己："别看我傻，我干，干出个样子来看。"国难到这个地步，你们都是大学生，你们要不成，这个国就没有希望了。所以要恳切、诚挚。

第三个要点，就是努力。要自个儿上弦。要拿住劲儿，不要上着上着又脱辘脱辘的松。又像打气，打着打着，噗！扁了。中国人到时候就拿不住了。长江流域的人清秀有余，而敦厚不足。我以为长江流域的学生，应该到北方来上学，十一二月北风刮得顶厉害的时候，顶着北风走。这样顶下来，才能做大事。谈到努力，我真佩服日本人。中国人为什么不行，中国人皮松肉厚。你们都要咬定牙根，紧张又紧张向前努力。

以上所说的三样，就是公、诚、努力。同学里有这样的人，你们要鼓励他，互相鼓励做这样的人。要恳切，要诚，不要净说笑话松话。"瞧这小样儿干吗，有什么用处！"南开不要这种说缺德话俏皮话的人。南开要的是傻子，不要聪明的。学厚，学傻，要钝。譬如刀吧，磨得很快的，锋刃太尖，这时候不要用。得把他那个虚尖儿磨去了，再用就行了。锋利的容易挫，傻的长，可以做事。中国人不如西洋人、日本人的，就是傻和诚不够，太轻飘。弦要自己上，自己打气。现在局面这样，不用先生们讲，你们还不懂吗？还用我说吗？你们认识了环境，努力干。

1935年9月17日

第二章

教育是一切的根源

教育事业，既关国家百年大计，尤应督促进行，奋自勉励。

教育家之机会

诸君伏处校中，研究各种科学，犹以显微镜观景物，片断的而非连贯的，枝枝节节，茫无头绪。今来此地，骤觉耳目一新，局面为之扩张。是犹以千里镜观景物，气象万千，直将一览无余矣。兹会既曰“择业”，顾名思义，殊有讨论之价值。天下事，千端万绪，不一其途。吾人欲取其一，而任之终身。苟非先事绸缪，操之有素，则一旦出而问世，难免盲人瞎马之诮。是择业一事，洵为诸君今日唯一之要务，不得视为缓图而忽之也。顾择业略分二种：一视其利于己者而择之；一视其合于己者而择之。择其利于己者，则一切名利、权势、荣耀、富贵萦绕盘结于胸中，希冀非分、侥幸万一。人欲炽而天理没，非徒无益而又害之。

…………

事业纷纭，难以枚举。教育其一端也。我国矿产丰富，采而致之，富强可待。然吾国人辟几占世界三分之一，其脑中之蕴藏，拱璧至宝，类不胜收。是亦在开凿之而已。故教育家之发达人群，犹矿师之开采矿产也。且教育家非必有奇技异能，使受教育胥就我范围也。人之发育有如葡萄之攀缘，顺其性之自然。教育家之施教育，亦曰顺其自然之性而已。欲顺其自然之性，必先知受教育者之心理、能力及缺点。善者发达之，缺者弥补之。若此方能使之感化。不然，直一机械教师而已，何足贵哉！

今人对于世界，多抱种种悲观。惟教育家恒抱乐观。以为苟得天下之英才而教育之，前途之希望，实未可限量。教育之大方针约有三：一、须培养少年人之习惯；二、一国中立若干大学出其风尚，以感化社会；三、教育与宗教相辅而行。三者虽相提并论，要以末项尤为当务之急。诸君而果有志于斯，则当此千载一时之良机，不可不译为筹划，而预决定之。他日揣摩有成，淑世本诸淑身，独善且能兼善。吾国前途庶几有豸。总之，诸君无论择何事业，须具有二种观念：一曰，对于上帝之观念；一曰，对于国家之观念。有此二种观念，方能择业，方能期事之有成。吾作此言，非敢定诸君之志，不过引诸君之思索而已。

1912年7月12日，有删改

改正过错的方法

我校向章，学生犯规，则予悬牌记过。前以其太苛，故自去秋起，记过者不复宣牌，惟宣布其姓名于预备室，用以养其廉耻。然学生有过则记之，而不予以自新之路，容其改悔，按诸教育原理，使学生改过之道殊为不合。故今特变其旧规，不用记过法，而用改过法。

嗣后凡遇学生犯过，先由管理员招往诘问，如能自认其过，且立志痛改，则予以竹签一，书其事于上，名曰“立志改过签”，使随身携带，坐卧不离，以资警励。俟迁善后将签取消，复为无过。此法纯以使学生改过为主，当较记过之法为优也。今引关于改过之名言数则如下。孔子曰：“过而不改，是为过矣。”以此按名学推说，则过而改者必不为过矣！又曰：“过则勿惮改。”夫改过而曰勿惮，可见过亦非容易改者。改过之法，当于下论之："子路人告之以有过则喜。"闻过则喜者，岂喜其有过也，喜其得自知其过，而可以改之耳！

某心理学家之说曰，习惯之在人脑中，犹道路然。凡人行一事，则留一道路于脑中，愈久而习愈深。如华人着西服，始则结纽也，着袖也，须处处留意。因脑中先无此路故也，继则着之不费力矣。脑中已有道路也，久则且着之于谈笑之顷矣。驾轻就熟，脑中道路已惯时也。又如弹琴、读书莫不皆然。故人之犯过，脑中亦留一路，改过云者，即求去此路耳。其法如下：

（一）勤辟新路。欲舍旧路，须辟新路。对于与其过恶相反之事而勤为之，则善愈固，恶愈远。此长彼消，理之常也。

（二）当众宣言，誓行改悔。己改过而使人知，则其过乃有不得不改之势。知者愈多，其效亦愈大。

（三）不许有例外。过须痛改，不可稍自容让。如戒鸦片，而偶因天气寒暖不和，或己身稍有不快，而复为一吸者，其瘾必不能断。盖改过自新，如缠线球，愈缠愈固，然偶或不慎坠地，则其球必散，数周皆开，前功弃矣！

（四）改过须自第一机会始。知已有过，即须立改，不可稍延。

学校对于犯过之学生，犹医生之于病者耳，非如警察之于盗贼也。医生对于病者，宜用最新之疗法。今我校“立志改过签”，本诸上引诸说，疗病之最新法也，且为诸生试之。诸生今日身边固未有竹签在也，然果皆无过乎？语云：“人非圣贤，孰能无过？”然此犹谓惟圣贤为能无过耳。中国之大圣为谁？非孔子乎？孔子亦每自谓为有过矣，然则诸生岂真能无过乎？身边虽无竹签，愿各置一竹签于脑中，力改前过。儒家之说云，天良与人欲战；宗教家之说曰，圣灵与魔鬼战；心理学者曰，二气相争，皆改过之意。愿与诸生共勉之。

1916年4月5日

谈爱国

今日之题，即为“爱国”二字。前八年余，在美国时参观一小学校，校长每晨率学生对国旗行礼，以养成学生爱国之念。吾校亦自今日起，每星期三至此，先对国旗行三鞠躬礼，以表爱国之诚。吾国古时，皆以孝治天下，其说甚正。盖孝为人之本，失其孝则道衰矣。然细推之，往往失于偏重家庭之观念，少世界之眼光。若以爱国言，则无论奉何宗教，属何种族，皆无反对之理。今中国正值艰难之步，无论汝尚赖国家，即使国家有赖于汝，汝亦当急起救之。西谚有云：A friend in need is a friend indeed，所谓雪里送炭，方为真友。人之对于国家亦然。然少年人因抱爱国之热诚，见国家一切腐败之事即怨恨之。夫既爱之，又何恨之？即他人有不爱国者，惟可设法感动之，断不可遽尔怨恨往招反抗也。美人对于本国爱重特甚，无论事之善恶、理之屈直，凡属己国即爱之。吾对于吾国固应爱重，然有不良者，必随时改革，所谓爱而知其恶也。又有因爱己国而怨他国者，试思但以一点之恨力又何补于弱？且偏观古今中外，无有以弱国而辱强国者。惟应自强不息，发扬爱国之精神自可无虞。吾又谓：人之爱国，不可徒存消极主义，而独善其身，必也有动人之力。如火把燃，自燃之后且能助燃，以次相燃，则功著矣！苟遇有不易燃者，当有忍耐之心。惟燃时不免有风浪之阻碍，设火力不足，值此未有不扑灭者。如本校自开办以来，屡遇险阻，其所以未颠覆者，以火力足也。故吾甚愿诸生以火把自命，匪独自燃，且能助燃，则方为真正之爱国。

1916年11月1日

解决中国之问题，为教育

自应时势变迁之需求，而后进步之说兴。余深信中国已向正当方向进步。尔者西方诸友，常警告吾侪曰，中国虽采用新法，亦不可尽弃固有之美德。盖彼以吾人修身制度，为中国古代文明之所结果，实不可以进步之利益，遽尔牺牲。然吾人亦必须改变，因世界为日日改变者，同时欲维持国之独立，亦必须经营置备，以防外侵。中外交通以来，吾侪以不识西人更有管驭物质世界之妙策，故以此而失败者，指不胜数。今则深明非于实际上改良教育方针，实难并驾列强，立国于世。

西方教育之来华，实在吾人明其需要之先，天主教Jesuits来华时，远在清初，曾以天文之学，传布我境，且助吾侪建立天文台，于是清朝每年颁行皇历，行之二百余年。循是以往，化学、物理诸学科，亦渐渐输入。四十年前，变法议兴，政府创办学校于北京、福州，以训练海陆军外交人才为志。然斯时之旧经学，仍到处通行，科举亦厉行不废，窃名是时为新旧制度并行之时期。至一九〇〇年后，旧日制度完全取消，学校乃遍设于全国矣。

中国教育之两大需要：一为发达学生之自创心；一为强学生之遵从纪律心。前者因中国数千年来，社会上以家族为本位，权枢系乎家长，家人以服从为先务，故中人捐弃其自创心，是习深入人心，由来已久。至第二需求，因皇帝时代，人民完纳租税后，即为良民，他无所求，纳税已毕，便可任意逍遥，纪律因之而弛，而中人渐习惰逸矣。中国教育今之最大问题，即为解决如何可以此两种似相抗触之性质，灌入此未来之时代中。

余上次环游世界，考察中国需要最宜之教育制度，结果获得两种需要者：一则英法美之制度；一则日德之制度。前者专为计划各人之发达，后者性近专制，为造成领袖及训练服从者之用（是即服从纪律）。

敝校南开，多半以是二者为圭臬。

余深信今日中国最要者为联合，欲联合则必须有一公共之绳索以束缚之。是绳索不能以种族为之，以中国种族复杂；不能以宗教为之，以中国宗教繁多；亦不能以社会为之，以中国社会上利益与责任多所分歧。窃意较合宜之束缚物，即为爱国心，是即为中国若干年成立要素之虔敬孝心。所可以自然变成者，古时一切道德，皆归宿于孝字。故曰战阵无勇，非孝也。近日吾侪必须广家族主义，

图为南开大学学生在山东的农村进行实地调查。张伯苓经过长期的大学教育实践后，在南开大学提出“知中国”和“服务中国”的办学理念。“服务中国”即解决中国的问题。在这一思想的指导下，南开大学学生重视社会调查、发展自身科学知识体系。

而至于国，则此虔敬孝心，即可成为国之忠心矣。而有此爱国心，吾国之人，无论南北东西，亦即可谓有一公共之绳索束之矣。吾校即教授以联合国民之能力，更进者欲使中国青年不仅为中国之良民，且为世界之健全分子。以今日之国界甚狭，吾等应思教育青年，当以万国大同为志也。

余信中国新教育最要之目的，即为训练青年人以社会服务心。先是社会上以家庭为单位，故个人服役之动作，恒不出家庭之范围。今者是种情形已过，余等应教青年人，不仅服役其家庭或与其相关系者，且应服役其国。故余常鼓励学生多为社会服务，例如吾校学生，曾为贫寒儿童设两义塾，并曾调查社会上情形，以告本地行政者，近则水灾赈济，彼等亦多所臂助。

总言之，余意解决中国之问题，为教育。且余信中国教育之发达，实已向正当之方向进步矣。

1918年6月

以社会之进步为教育之目的

开学之始，曾以活、动、长、进四字相勉。而今合起来论此四字，不过单就个人的长进而言。

夫教育目的，不能仅在个人。当日多在造成个人为圣为贤，而今教育之最要目的，在谋全社会的进步。

诸生当听过进化诸说。下等动物长为高等动物，高等动物进而为人。人再长，又分为二项：一为心理的长进（psychologically），一为社会的或合群的长进（sociologically）。

人同人组合起来，其效用能力之大，自非一人可比。现在世界何国最强？其原因何在？一至其国，便可了然。其最大的原因，就是比我们齐，亦如一家哥们兄弟均不相下。若一家只仗一人，则相差太多。社会国家同是一理。所以，近来教育家不仅注重个人长进，并注重社会的长进。Social end不仅在心理的长进，而在多数人的齐进。因为社会乃个人联合而成者，若社会不进，则居此间之个人，亦绝难长进。是以个人强，可以助社会长；社会长，亦可以助个人强。是二者当相提并论，不容偏重者。

现在西洋人对于教育青年，均使之有一种社会的自觉心（social consciousness），而吾国多数人尚未脱家族观念，遇公共事则淡然视之。

予前去北京，于车中见有以免票私相售受者，何其不知公共心一至于是耶？彼以铁路为公家者，但能自己得利，则虽损坏公共利益，亦无所顾忌，而旁坐诸人，亦以此非自己之事，故不过问，亦不关心，若此情形，实为社会流毒（social evils）。细考京奉、津浦各路间，此类事殊不少见，似此流毒究竟责在谁人？吾以为虽有强政府、有能力之总统、严厉之法律、有组织之路局，亦不能铲除净尽也！惟有国民社会的自觉心可制此毒。舆论力攻，众目不容，以此对于公共事业之非理举动，即对吾等各个人之举动，有伤于吾各个之权利，则若斯流毒，无待总统法律，自然消灭于无形。国民社会自觉心，诚有不可及之效力。

在京见美国公使，谓国人近来能得钱者，发财后多退入租界，是诚可耻之事，而舆论亦不攻击，甚有争相仿效，以不及为可辱者，真是怪事。而予窃不以为怪，因其所以如是者无他，国民的社会自觉心，Social consciousness未长起来耳。

今者时间有限，姑不多论。即就所以长进社会自觉心，而能谋全社会进步的方法上着想，则须于改换普通道德标准上有所商榷。

若不骂人、不偷、不怒、不谎、不得罪于人等事，先时多谓此为道德很高，然而此为消极的，于今不能谓此为道德。盖彼者，不过无疵而已，于社会虽有若无。今因于社会进步上着想，吾等当另定道德标准，谓："凡人能于社会公共事业，尽力愈大者，其道德愈高。否则，无道德可言。易言之，即凡于社会上有效劳之能力者，Social efficiency则有道德。否则无道德。"若斯数语，包含无限道理。愿诸生用为量人量己之尺，相染成风，使渐渐社会上均用此尺度己，亦用此尺量人，则去所谓社会自觉心、社会进步者不远矣。

然而徒知此理，于社会毫无所用。先时教育多尚空谈，殊觉无用，若无实习，恐且有害。美国某教育博士曾谈笑话，谓有函授学堂教人泅泳，学者毕业后投身水中，实行泅泳，竟至溺死。此喻仅知理论而无实验之害，诚足惊人。诸生欲按此尺而为道德高尚之人，幸勿仅求理论，更当于己身所在之社会，实在有所效用。于此先小做练习，至大社会时，自然游刃有余。所谓己身所在之社会，对诸生言，如班、如会、如校、如各种组织均是。予此二次所言者，即教育着重个人的长进，更须着重社会的进步。

1919年2月12日

做事之方法

日前我们开展览会及乐贤会，会前大家说要教它成功。洎今回想，诸位师生及来宾均极满意，我们本校的人借此亦可看看本校的真相，知道自己的短长。予初由外边回来，更可借此振作精神。若论此会的效果，除经济的社会的以外，对于我们个人做事的经验，实在长了不少。

上次吾说了两个题目，一个是教育对于个人的长进，一个是教育对于团体的进步。如今正在开会之后，回想这次做事的手续，颇可论论。个人可以由此得经验，团体可以因此有长进，故今日题目为做事之方法，盖此亦教育目的之一。

人必得做事，然后才有用。即无用之人，亦需做事，如同普通人人必行的吃饭、如厕，种种琐事，均需自己去做。所以既为生人，便须做事。不过做事的法好，则效力大；做事的法坏，则效力小。吾们比别的国人相差的点就在此。

譬如将做某项事，事前想想如何做法才好。这时候所念过的书，所得过的经验，都要拿来放在心里，作为参考。到底是怎样做法才好，这就是做事的第一步；顶到想出各方面的情形来，然后再想从哪儿去做，这就是第二层；然后第三层就是实地去做。做后反复思维，以见这个事的效果何如，便是第四层。是以做事当有四层手续，虽不必层层去分，或者并未想过这四层的道理，然而无形中这四层，总须有的。不然这事便不易有好效果。这四层：一研究，二计划，三执行，四评论。英文名词为Study、Plan、Execute、Judge。末后评论一层亦实在要紧，因为这就是专制与共和的分别。专制则只有遵命；共和则必按理去行，后复加以评论。此次所言为如何去做，下文当言如何去想。

1919年2月19日

如何交朋友

…………

吾曾得诸生若干对于修身班讲题之建议，系择交问题。以吾观之，此问题虽亦颇重要，但较之余上次所讲之择业问题、婚姻问题以及信仰问题，则相去甚多。今试为诸生略一述择交之道。

照现在眼光视之，今日择交与古之择交略异。古之择交之道甚严，而所友甚寡，友寡故过从甚密。至于今之择友则范围略广，即以诸生现在情形论之，凡属同学即皆谓之友亦无不可。古代诋多友为朋党，而今日交友范围虽广，然亦反对以小团体而影响于社会之福利。从此可见，择友之道古今实无根本之差异。

中国古代之善友者，若三国时刘（备）、关（羽）、

创办南开大学时的张伯苓。

张（飞）；战国时之管（仲）、鲍（叔牙）及俞（伯牙）、钟（子期），皆极为人所习知者也。孔子谓友有三种：若者直，若者谅，若者多闻。此实一交友之准绳也。

今人每谓友之密者，曰知己。所谓知己，即所以望友之赞己之长，慰己之苦。然若深一层思之，则人各有长短，苟只望人之称赞，而不欲人之规戒。且人皆欲人之赞，人之慰。然则赞人慰人者，果何人者。明乎此，则交友之道思过半矣。

1924年4月3日，有删改

教育为改造中国之根本方法

处于此等风雨飘摇之时局，欲求能平心静气从事于事业，实为不可能之事实。

…………

欲积极的刷新中国，根本方法，在先改变人民，欲改变人民，则必赖乎教育。信教育可救国者，非无其人，而至今无努力从事之者。其故有二：

（一）处于国势紊乱，外国帝国主义侵凌之下，教育无发展之余地。

（二）教育固属重要，然其为用甚缓，非旦夕所能获效者。虽然，此不过无志者之言。惟其艰难，惟其纡缓，吾人益当振奋斗之精神，刚毅之魄力，以从事之。盖一极重要而极难收效之事，欲不历种种艰险，而平易得之者，自古及今，未之见也。

以上所言，为欲使国人觉悟教育为改造中国之根本办法，现缩小范围，论及本校。

本校之寿命，本年已届二十载。建设前六年，已为胚胎时代。余时在北洋水师，感触种种国耻，知我之不如彼者，由于我之个人不如彼之个人。故欲改革国家，必先改革个人；如何改革个人？唯一方法，厥为教育。

欲教育发生实效，必注意两点：（一）普遍；（二）专。

然此等云云，在初行改革之幼稚国家，欲能办到，谈何容易！苟欲行之，亦当先自小处做起。先做出良好成绩，使社会知教育之重要，然后始有普遍及专精之可能也。此等责任，私立学校当负之。此余之所以辛苦经营，而有本校之诞生。二十年来，时势屡有变更，吾校亦屡经困厄。而卒邀幸运得不致停办，不徒不致停办，且蒸蒸进行，一日千里。此其发达原因不外以下三者：

（一）信——认定某一事业，始终以之不半途放弃，此信之谓也。

（二）永变——方法不变，虽宗旨甚佳，亦不免于守旧，且有碍于进步。吾人宗旨固始终保持，不肯放弃；而进行方法则时时改变，务使其收利益多。

（三）专——此项为一切事业成功之要素。抱定某一目的，竭毕生之精神，派刚毅之魄力，猛勇赴之。虽以身殉，不惜也；虽以利诱，不顾也。此等精神，苟能得之，无论用于何种事业，其成功必甚伟大。

此三点，为本校能有今日之原因，为余办教育所持之利器，亦为办一切事业之必需条件也。

1924年12月14日，有删改

熏陶人格是根本

刚才主席说："二年前，曾经有过商学会组织。这次不过中兴罢了。"大概那时时机未熟，所以未能顺利进行，现在时机看来成熟了，希望你们立下稳固的根基。

我们学校里，现有文、理、商、矿四科。文、理、商先立，矿科是后添的。但论起精神，矿科最好。它的原因是什么？据我想矿科每个暑假有练习，同学得在一块儿玩耍或讨论，所以其乐融融，感情甚好。矿学会的组织，虽然也有教授帮助他们，却是个自动的组织，成绩最好。它的原因，也是我前面所说过的暑假有练习。你们商科这次组织商学会，联络校内外同学感情，为将来做事之备。我希望你们的成绩，不落矿科之后。

南开大学教育目的，简单地说，是在研究学问和练习做事。做事本就是应用学理。将平日所得来的公律、原则、经验应用出来到实事上去。

研究学问，固然要紧；而熏陶人格，尤其是根本。

“君子不重则不威，学则不固”，个人人格是很要紧的。人格要与人合作，才能表现，假使你孤居远处，隐居鸣高，那么就是你有高尚人格，也无由表现了。我希望你们同心协力地去合作，表现你们的人格，而达到你们的目的。

人不必怕穷，更不必自私；我不信自私有济于人，我却信社会上各种事能对公私皆有利者，始有济于人。拿着公众利益的目的去做事，决不至于失败。假使真为公而失败，也不算失败。我几十年信此甚深，一意力行，始终未渝。假使有人要在那一界，乘着机会发点财，先为自己谋温饱，这种发财的人，人家对于他，固然不满意，就是他自己以财多受累，也不见得就痛快！

现代科学昌明，工、商、农界都有新的发明和新的组织。我希望南开大学能造出一班有组织能力之人，以发达中国的实业，而谋国家的富强。

现在风行一时的，不就是共产主义吗？它的发生的原因，就是分配不均。一个社会里，有几个资本家拥有大量的财产，群众对于他不满意，因而有罢工等事。但是这些事，是在西洋常见的。中国的现状，说不上有产，有的是些做工工具及机器，这些东西能帮助着人生产快，并且也不能为一个或几个人所独有。所以现在的中国，不是产业的不平，是政治上的不平，政治上的糜乱。我理想中想造出一班人来，发达中国实业，为公的，而非为私的。

我的理想，如何实现，在办教育。所恃靠的人，即你们商科的学生。你们今天开完成立大会后，起首去做，希望着达到你们章程上的目的，至于能否达到，要看你们做得如何。不过在现在的中国，为中国历来未有之时机，到处皆机会，不致有“英雄无用武之地”之憾，顶着头去干，快乐极了。

你们的智力、体力及家资都很够用，又有一个很安静的地方来读书；读书疲了，还有我这个“做梦家”替你们吹气，环境还不算好吗？现在时局扰乱到如此，一般醉心权利者失败必矣，恢复及最后成功的责任，端在你们预备中的青年。

有人说我厌谈政治，其实何尝如此。实在地讲，今日之政治，无所谓政治。中国现在之政治，一官僚之政治，政客之政治耳！政客把身卖与军阀，是为饥寒所迫，不得不然，假使不出卖，就没有饭吃，我并不是不谈政治，是谈政治的机会没有到。我认为要人人有业后，始可谈到政治。现在一般在政界混饭吃之人，皆家无常产，没有饭吃，机会一到，乱喊乱咬，我尚忍心劝人去入此陷阱乎？所以我的方针，是先办实业，后谈政治。从实业中拿些钱出来，去办政治，不是从政治中拿些钱出来，去买议员，这种先实业而后政治，就是我的政治梦。少年人做事，要有眼光，要有合作的精神。有了合作的精神，才有同心一志的意向。一个人上去，不要总去骂人家出风头，中国人真正应当出的风头不去出，所以才闹得中国到这个地步。有人上去了，我们应该去帮助他，不要拆台。少年人固然有些是尖头，只想占便宜，不管闲事，只晓得找人家的错处，而自己又不去做；但是这种尖头的事，小的时候，固然觉不着什么，到了长大成人，出去做事，就不行了。假使有一个同学在某处有点建设，要用一个人，一提到尖头的印象，他就会拒绝引用，这种事确不是小的。眼光要远，有了远的眼光，才有发展的机会，中国现在到处是未开辟，此时不去做，何时去做?

我希望你们，第一联络在校同学的感情，如同矿科一样，再联络出校同学及实业界各人，按部就班地往前去做，到后来就觉着快乐了。我的做事的秘诀，就在快乐，你们如能保持这种乐观的态度，成功如操左券。我在这个成立大会里，因未有预备，随便地说了些闲话，但是我很热烈地希望着你们努力合作，达到你们的高尚目的。

1925年11月25日

教育发展力求质精

余本拟于全国教育会议开幕前赴南京参加该会，适中学部四大建筑，只动其二，礼堂及体育馆因建筑费不足，尚须稍待，乃不得不留津筹划，以便早日兴工。加以日来正在进行某项校务，为防夜长梦多，中途生变，故辞去全国教育会议专门委员职，以便在此力行，期能早日成功。

国中大局，日来又有将剧变之势，殊为可虑。近尝觉中国今日之病在缺乏真正领袖，在量太多而质太坏，在一般之散、之弱、之贫、之愚。欲救此病，舍教育外无他术。故今后教育之目标当注重在：（一）造成量大、眼光远之青年；（二）造成真正之领袖人才；（三）养成勇敢、果断、有远见、有魄力之国民。

教育之责任既如是重大，我校又居最高学府之地位，则今后振作精神，继续努力，自不容缓。惟要在能力行师生合作，以共谋校务之发展，养成团体之精神。若因此小团体而不能和衷共济，则将来置身社会，其散漫如故无疑也。

今春在京，曾向教部请由俄国庚子赔款项下年拨二十四万元，补助本校经费之不足。近得复讯，以分配困难，只允拨十二万元，月付万元。我校大学部每年亏数约十万元，今得此款，虽折扣稍大究不无小补，今后又当再谋发展矣。

现计划自暑假后起，理学院添电气工程及医预两系，作今后发展之第一声。此本系数年前之计划，以经费关系，迟至今年始克实现。至文商学院今后亦当不惜巨款，力求质之精，量之发展则须待诸来日也。

教部于春假前派员来校视察，《周刊》曾报告之。其上教部报告如何措词，现尚不知。彼等参观某物理班时，正值该班举行小考，彼等似甚注意。盖一般大学，素少考试之说，教者更不敢以考试评学生。余告以考试在南大实家常便饭，无足为奇，承其称慕不置。国中大学如此，将来何以谈救国？

我校行男女同校已十余年，自今男女之间似仍不能相谅，殊非佳象。甚至有视女同学为可奇，而生种种之揣测及行动，更为失当，且遗女同学以轻视之机，望力矫正之！

1930年5月25日

肯对青年下功夫的人，
乃是真的爱国的人。

第三章 中国的富强之路

中国的希望在青年身上

余今所欲言者，为最要事。诸生其注意近日屡感触于社会之恶习，益觉中国前途之可惧。夫中国当此千钧一发之秋，所恃者果何？在恃教育青年耳。教育一事非独使学生读书习字而已，尤要在造成完全人格，三育并进而不偏废。故凡为教育家者，皆希望世界改良，人类进步；抱不足之心，求美满之效。我国当教育青年之任者，诚能实行若此，则中国或可补救于万一。兴思及此，不禁深喜，及觇社会之现状，虽一则以喜，又不禁一则以惧。先以为教育兴，青年立，必能将社会渐渐改良，转危为安，故喜。更观社会腐败之现状，每况愈下，流连忘返者，比比皆是，又不禁肃然为之惧。此种现象不独中下社会为然，即上等社会，甚至作教育界之领袖者，亦陷于恶习之

民国时期南开学校话剧《新村正》。

旋涡中，随波逐流。此等社会何时始能望其改良！如谓长此以往，不求进步，终日悠悠，忽有一日人皆醒曰，当改良国家，进步社会。考已往，测将来，吾知其梦也。更观政府以命令禁止恶习，虽有长篇大论，严词苛法，亦言者谆谆，而听者藐藐，于事乎何济？自鼎革而后，所改者有用无用之名词。实事之增加者，社会中之嫖赌是也。即以赌言，打牌者，昔时南方仅有之，渐至北方，今则全国上下不谋而合。中人以上之家，无不备之，而更妓馆花酒所在皆是。使青年目夺神迷不为颠倒者，百不见一焉。吾常闻人曰，南开学生多自美，吾诚不解。若以我为南开学生即可自美，此等学生为学校之败类，校中去之；如曰人皆嫖赌，我独特立为自美，吾欲此等人愈多愈好。亡国者何亡其魂也，奚必列强之分裂割据而后，然中国人现时大多数丧其魂矣。淫佚放荡日趋日下，有今日无明日。青年处此，不大可危乎？故美国学校多令年长生友年幼生，扶之助之，使自立，愿诸生履行之。此谓汝等自为可谓为南开学校所为，亦可即谓之救国救世，亦莫不可。青年有事占其身则快乐，暇时则将受外界引诱之，苦矣！故余每救人借以自救，吾国居上等者皆嫖赌，下等反无之，以道德论上等较逊矣。然而国家所恃者非下等，上等又腐败而欲国之不亡乎？更观中国之留学生回国后，亦与恶习随波逐流，非但不知羞恶，反饰之曰：“中国不若外国之有音乐队、俱乐部等足资消遣，则嫖赌未为不可也。”呜呼！国家所以派留学生果何为者？社会腐败当改革之，公众利益当提倡之，如亦随波逐流，国家又焉用断送金钱以造人才哉！吾常云：三人相聚，而不能乐者，非愚则死。如必嫖赌乃可为乐，其必无心肝，直死人之不若耳！汝等青年自少时练习正当快乐，则一生受其益。今而后遇罪恶排斥之，宁使彼说我美，勿令众笑我弱。际此国家未亡时，大声疾呼，或可补救于万一耳。

1914年4月29日

欲强旧中国，端赖新少年

此次“修身”，余拟用十数分钟之时间，对于时事稍言大略，以启诸生阅报之观念，庶不致一见报章茫无头绪，读而生厌。余对于时事不常为学生言之，何也？盖吾国每有对外之事，即患应付无方。每易受人欺侮，欲图富强几于无望，恐学生闻之徒生悲观。且少年心性每多好强或受激刺，生悲观则希望绝，受激刺则忿言起，二者皆非少年所宜，此余之所以不常言也。然如绝口不言，使学生对于世界大势、国家前途一无所知，又岂教育之良法？此余之所以必欲言也。此次中学会议，有某先生提议，值此修身时间关于“国耻”当常为学生言之，以启发学生爱国之心，而激励学生忧国之感，斯言良是。惟言之必使学生闻之不致徒生悲观，过受激刺方可，亦颇难措辞矣！盖中国一线之望皆在学生之身，学生之责任可知矣。而小学知识太简，不如中学学生知识较深，中学学生之责任又可知矣。故此案决议后，遇有机会即当加入时事，盖激刺不可太过，然亦不可毫无也。

今日所言之事为中俄协约。此事内容外间不得尽知，吾人可以往事征之。初日英协约表面为维持东亚和平，故日俄战争他国不加干涉，以有英监视也。其结果日吞朝鲜，此日之利用英也。英国海军皆在欧洲，亚东商业鞭长莫及，借日力得以保全，此英之利用日也。今则利尽交疏，故日又与俄协约，其意果何在乎？可思之而得也。我国适当其冲，来日大难未知税驾之所在于此，欲施补救之术果恃何人？旧官僚乎？新人物乎？官僚派吾无望矣！此次新登庸之人物乃竟有以烟土案而被嫌疑者，纵经百口解说，然迢遥数千里，累累数千磅，岂竟一无闻知乎？岂竟毫无关涉乎？何不幸而冒此不韪之名也。一人之关系无足重轻。试就大势观之，吾中国或不至如朝鲜也。其首要原因曰：版图辽阔。邻虽强恐独力不能吞也。而各国战事方烈，当亦无暇东顾，此正转弱为强之好现象也。譬之病人，如人皆曰可愈，则精神为之一振；如自以为不救，则医药每至无效。我国今日，吾纵以为病虽危，尚不至诸医束手，决不至为朝鲜之续。明矣！今晨余至友朝鲜某君谈及亡国之惨，闻之不禁动颜。虽然，欲强中国责任谁归？曰：端赖一班新少年。然则少年自处应如何乎？曰：尽心为学，以备将来之用。语云：生于忧患，死于安乐。望诸生三复斯言。

关于训言者，余亦有数语，即上星期所言之预算，诸生已尽解之耶。盖天下事无论为全国、为各人，均非有计划不可也。中日之役而日胜，日俄之役而日又胜，皆计划之功也。此国与国之对待也。至以各人论，凡行一事，亦每至有阻力生乎其间，必须继以贞固之力，方不致徒托空谈。语云：言之非艰，行之维艰，是非具有一种能力以胜此阻力不可。余尝为汝等计划约有二法：一为先生之辅助，二为诸生之自治。夫然后先生之力渐减，学生之力日增，庶几人人皆具自治之精神而有做事之能力也。

关于体育者，复有一事，曰：检查身体。本校学生约近千人，人数太多恐难遍检。兹由医士列一病单，可按症填之，万勿隐病不言。本校学生徐绍琨、张润身之死，皆吾辈之过。殷鉴不远，其戒之勿忽。

1916年9月6日

形势和爱国

余日来受激刺颇多，有感不能无言。余暑假中曾一游张家口，昨又有山东之行，观察所及，乃知当今之世，作事须如驾车之马，不能外视，则不致见社会之腐败而灰心。然如此作事，不出学校则可，若当旅行之际，则不能不观，观察之后，乃不禁感触频来。在校时对此大多青年颇生快乐，以为他日学成当能救国。及与外界相较，则不过杯水车薪耳，况学生中未必尽善乎？前此由津至京，车中即有打麻雀牌者；此次赴鲁，又见有大辫子兵数人在饭车中打西洋牌。及至各处，苟其人有二三能出良心作事者，犹可稍慰。乃旅行所及，观其人非在沉酣之中，即无思想之徒，再则愚陋腐败，如此社会其有望兴之日乎？中国指望现之在官者，至好不过维持现状，为绅者智浅识陋，不可期望；办学者虽不能一笔抹煞，然不足其格者，实繁有徒。其次者则随波逐流，此犹可置之，再求留学界中，则余见某博士新由某国留学回国，在某处作事，以为必能牺牲一己为国尽力，乃其行为既不能振拔流俗，又不能独善其身，而嫖赌恶习无所不为。各方面皆如此，救国尚期诸谁？如按人道主义言之，吾人既不能自治，当假手他族代为治理，其请欧人乎？则战事方酣不遑东顾；美人乎？则道路太远，鞭长莫及；无已，其日本乎？则观其对待朝鲜之前车可知矣！国内既无人道，而国外殆有甚焉！旅行朝鲜者，不过仅见其道路整洁耳，谓之人道可乎？因此，感触而向所期之空中楼阁，已消灭无余。再言山东现象，此次起义，有所谓大人物者，联络土匪起事，而抢掠甚于官兵。现又有民军起与之宣战，周村又有借日本之力而猖獗者，自相残贼可为浩叹。推原其故，亦以中国人乏爱国心耳，故余今日以“爱国”二字为题，以与诸生言。

国者，人民组织而成。我国对于国家观念可分三时期。一、列国时期。分天下为齐、楚、燕、赵等国，彼时有大同主义，然不过亚洲一隅之大同主义。二、由始皇至今，为帝国大皇帝时代。谁为皇帝则谁是从，视国家为个人私产，无真正观念。三、则现时共和时代。日人云：中国人之爱国心仅五分钟。若自知有国以来以至于今已为不少，西洋各国以文豪之鼓吹，教育家之提倡，诸种方面始克造成人民之爱国观念。反观中国，国家对于人民爱国心之提倡则何如者？昔受外族之征服，蒙古来则同化之，满洲来则又同化之，然昔以野蛮征服文明则可，今则以文明征服野蛮，亡国且亡其种矣！日人之亡韩也，弃其语言、文字，涸其知识，亡国亡种之现象也。中国现象如此，任其随流而去，自思能安乎？昔犹太人受羁于埃及，有摩西者率其族返国，历种种困苦，而卒成功……

诸生苟自今日立志救国，当无畏难。如读书只为衣食计，则毋庸计此。欲免为亡国之奴，请先克服自己。自私也，苟安也，声色货利也，尽除去之，用牺牲之法。如肯牺牲精神则可保全肉体。吾国以不能治理也，故于国际无治外法权，无警察权。前数年中国人与鸦片烟战，今则军队公带鸦片，云南议员带鸦片，诸生欲将中国受外人治乎？抑欲自治乎？其职谁期？惟自吾人作起耳。昔人欲唤醒国民，今则应新造真国民，以造新国。其事诚难，但吾人应以难字作成习惯，西谚有云，God helps those who help themselves，所谓新造其国，应以何者为目的？现时世界各造其国，吾则以为国家、为人道，两相预备于将来之大同。如持此意往前，则爱国之心当倍于寻常矣！

1916年9月13日，有删改

吾之救国药

此次对于时事，无许多要者可言，惟国内之中对于宪法起草案，关系似为较大，颇有可注意之价值。此事有数省督军欲加干涉，虽政府未必许可，然结果如何尚在不可知之数。诸生阅报其加之意焉。至中日交涉现尚延迟未办，以外交总长唐少川氏尚未到任视事故也。

对于训言者，与从前所言蝉联而下，故初言预备，次言国家前途，而此次所言为吾之救国药。顾在未言之先，尚有其他事之小者，欲为诸生言之。其为何事？即为禁止学生在球房打球及书馆听书。球房原非大不韪事，乃多有借此为狭邪游之厉阶，故亦在所应禁。盖此地素称繁华，学生之在本校为学者，其父兄恒言较他处为放心，以本校能监督其行动也。故吾辈职员等遇有学生之犯此者，必不稍假借，以不负其家长之初心。欲杜此恶风而除此病源，曰有二法：一方面则教导之，以防其未然；一方面则调查之，以绝其再犯，则此弊习自然可绝矣！昨日有某先生查获二人旧习未改，一为旧生，一为新生。该旧生当晚退学，新生令之停学思过。其必如此惩罚之者，不独以其有污一己之名誉道德，且恐其传染他人也。盖少年之中具有自治之力，而不为外魔所移者实鲜。类多自治之力薄弱，染于苍则苍，染于黄则黄。与善人相处，则不失为君子；与恶人相处，则流而入于小人。芟芜刈稗之所以助苗之长也。或曰，他国人亦不能尽免无如此者。然此最不宜于吾国，具更不宜于吾国之少年，时势使然也。诸生其共勉旃。

此事既已言毕，余且更欲言吾之救国药矣！余在言此第一部，为诸生引对待之名词二，曰进取，曰保守。吾人试思吾国人之心理，其进取者乎？保守者乎？其为保守不必讳言。二者相较果何派为优？何派为劣？何派胜？何派败乎？有持进取主义者，国在东亚，执东亚之牛耳，繄何国乎？即东邻日本是也。汝等或曰：此国家情形问题太大，有吾辈不能尽解者，其有事近而理切者乎？曰：有，即吾校与他校较也。各校中有进取者焉，有保守者焉。吾校进取者也。即以各校各项竞争而论，吾校所得之结果如何？汝等之所共知也。此即进取之效力也。推而至于国家亦何莫不然。故欲强中国，非打破保守，改持进取不可也！然进取与保守之分别安在？进取者如万物正盛，譬之一年春夏之时也；保守者如万物已衰，譬之一年秋冬之时也。故进取得一日之朝气，而保守得一日之暮气焉。有朝气者，凡事振作；有暮气者，凡事颓唐。以此种颓唐之暮气，而欲与如旭日初升、灏气发扬之强邻相争存于二十世纪，其失败者非不幸也，宜也。故国家相比，则吾国有暮气者也，日本有朝气者也。而学校相比，吾校之与他校为何如乎？有何气乎？虽然所谓进取而有朝气者，要知非常胜之谓也，乃不畏败之谓也。惟不畏目前之败，方有最后之胜，敢断言也。于以知欲强中国非建一新中国不可也。然则进取一说与古圣微言相吻合乎？则盍视乎《易》？《易》曰："天行健，君子以自强不息。"彼之所谓天行健者，乃指昼夜相承，春秋代继，无时或已，长此不息而言也。吾人读此，则进取精神自然得矣！……

前余之误在欲一劳永逸，今始觉之。以科学证之，当机器未昌明时，西国学者皆欲发明一种永动机，然卒无成。譬之食物，能一日之中，食数日之物乎？必不能也。故惟一日做一日之事，而日继一日，虽有时休息而睡眠，然休息睡眠之后仍如前时，固无害也。如英国者，可谓得进取之精神矣。其所以与德战者，以德与之争也，非得已也；如吾国之保守，则必姑息从事、养痈成患矣！初拿破仑蹂躏全欧，彼力抑之；今德国力排联军，彼又抑之；盖先发制人，后即为人所制矣！至于成败非所论也。保守者

民国时期的南开学生作文。

能如是乎？故必改持进取，方可致强。余之救国药如此。

此学期离校之学生，有至日本留学者，有至江西新远中学做事者，致函母校，大意皆言愿常守南开之精神，几于众口一词。然细思精神何在？有堪为吾人想者。值此不禁回思十一年前焉！忆昔无逾尺之植物，而今则聚九百余青年。昔之学生与今之教员，其数几于相等。至于与他校竞争，初无不负时，负而仍角，直至今日。今昔相较，又为如何？可见有毅力，有信心，无不达其目的者也。南开精神，其在是乎？虽其中不无小挫，不过如浮云之蔽空耳！推而广之，无论何事，无精神亦必归失败。或曰：吾为不争之事，如牧师教员等，所言者博爱，所言者道德，无精神似可矣！不知亦似是而非之论也。以此精神置之学校既发达，置之国家亦必能富强也。然此气有非一二人之所能为者，故端在群力以造成之耳！

1916年9月13日，有删改

去东北之感想

余离校约三星期，计共十九日。路线系由奉天至长春，再至吉林，返长春至哈尔滨，回奉天至安东，过鸭绿江至朝鲜之宜川，复由新义州至安东，而之奉天，宿于本溪湖，次日由奉旋津。共演说三十九次，所见者，除中人不计外，共六国之人，曰英、美、丹、俄、日本、朝鲜；演说地点共十处，曰奉天、吉林、哈尔滨、宜川、新义州、安东、本溪湖。斯行也，有一事令人不能不注意者，即为国家观念。所搭之火车有为日资者，有为俄资者，有为中资者。在奉天有一车站甚为壮丽，为日人所造，其精神极佳，诚非虚誉，即司茶者作事亦出以至诚。至俄路则不如日远甚，然犹胜于中人。总之，日人办事最为灵敏，组织便利，遇事争先；俄人身体长大，动作粗笨；朝鲜愤

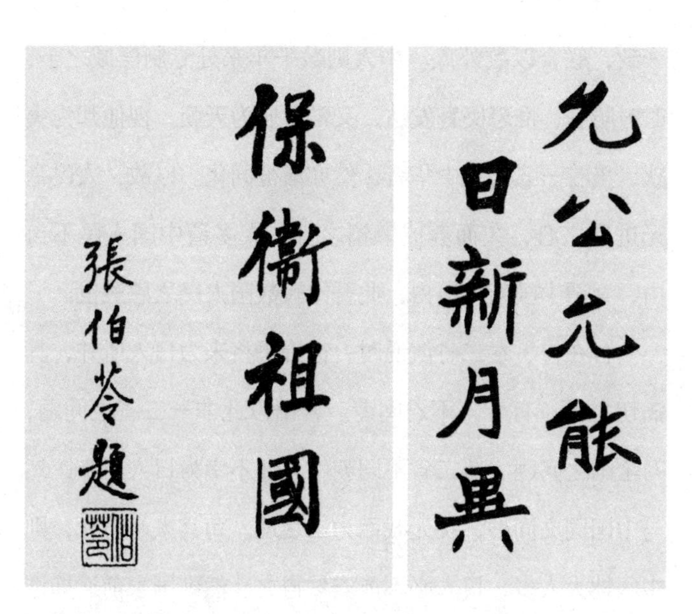

张伯苓手书“保卫祖国”“允公允能，日新月异”。

不平，卧薪尝胆；吾中国人既日俄之不如，而其松懈懒惰之状，即较之韩人亦略有差。思想非不密也，脑筋非不灵也，惟遇事推诿，不善组织。私事尚肯为力，一遇公事，则非营私即舞弊，惟尔诈我虞，故冰消瓦解。此中国最可危险之事也。至于英、美、丹诸国，余以见者不多，不能以少数代表其全国，兹不细论。至若日本，人多地狭，故不得不变法以扩张其势力，而求生活，其生长之法，全体一致，联合以敌外人。中人则数千年来处专制淫威之下，时时防制，惟恐民智发达，又常自居为天朝，视他邦为夷狄，虽有一二人主中华者，然亦渐被同化。以故，人民毫无进取之心，久而养成懒惰之性；人多谓中国人民不自由，吾谓中国人太自由，此吾比较数国人民之感触也。

吾在吉、奉二省演说时，彼皆恐将来为日人所并，其痛切之语，有令人不忍闻者。吾语以此非一二省之问题，乃全国之问题。盖二省不同朝鲜，即不幸为日人所夺，然与中国同文同种，决无截而为二之理。苟其人心不死，则中国地大人多，日人必不能安然得之。然则国家前途抑谁是赖乎？惟应从自己作起，虽中国灭亡，亦必能复兴。一日奉省教育会长约吾演说，到场者约五六百人，吾告以今日中国第一要策，即在教育培养有干才之领袖，以养成一强有力公正无私之政府，方可以御外；不然如仍如从前之松惰，则非人之亡我，实我自亡矣！

1916年11月22日

诸生乃中国真正之砥柱

今日所言，继上次未竟之意。于未说之前，先取余近读二书示诸生。一为英人Lwd William所著。彼来中国时，未临我校，曾遣其秘书与余接洽。彼提倡爰清华学校例，退还中国赔款，设立大学于汉口，后被国会否决。回国遂著*Changing China*，即此书也。一为美人洛司所著。此君为美国社会心理学家，研究社会一般人之心理，依治水法治之，盖水之为物，治之得当则有益，否则为灾害。治水然，治人何独不然？遂著此*Changing Chinese*及*Social Control*。以上二书所云，均谓中国形势虽变，而实未尝变也，其原因则在“复古”与“保守”。自西力东渐，外界压迫之始变，此语为大隈所言。且压力之来，其变与否，论者之调亦异。盖时进派则以为未变；而守旧者观之，则以为变之已多。而变之为善、为恶，若以吾人之傲心观之，则可云向善，数千年之闭关自守无何所事，而谓彼欧洲文明之进化，则酿成今日之大战争，果何所益?以我保守之习气，数千年只出一班定远，实于今世不符，彼欧洲之大战，实已将本国难题解决。而反观吾国，则为农者，只求足食；为士者，则步方眉扬，庞然自大，一入政界，匪不自私自利；至嗷嗷贫民，遂亦流为盗贼。此等闭守之法，乌能与世界潮流相抵抗哉?彼大战之结果，乃国与国相争，不观夫非洲乎，其荒野为何如?而欧人不辞劳悴，深入而开通之，虽欲自守，势有不能。今吾国若图改变，将自何始乎?从政界乎?则观今之政客、伟人可知矣！然则变之根本解决安在乎?曰："必去其不平而进于平。由一人之幸福变为多数人之幸福而已。"余尝对友人云，中国现处蝌蚪时代，未尝停息，既变矣，则须随其潮流以前进，而奈国人其不然也，如现教育界其前进者，以为自己有老资格，不与后进以机会，而又不肯议变，或变一半而复已。故吾谓改造中国须去旧材料用新方法，其希望即今之学生是也。学生有改造中国之机会，故数年后诸生出校，从事于社会，应知社会之情形。现在教育所要造者为新人种，所谓“作新民”有二种：一被动，因外界之感动，一则因己身衣食问题，当其初未尝不变，而稍变辄止。故社会学务，只于清末时稍有进步，数十年来相沿不改，故现今之变，须自己身改变。虽其初亦由外界而起，然苟内部与之相应，则自发动起而不停矣！但此等人求之于现在中国，实寥寥若晨星。前十年丁君义华倡禁烟会，我国人亦有继起者，然逾年即止步矣！甲午败后，国中人未尝不动，精图治，逾数年又止步矣！庚子乱后，又改革数年，未几又止步矣！如前数年直省长官，谓永定河宜修

在参加华北运动会时，南开学生啦啦队组成了“毋忘国耻”字样。

浚，询其为何？则曰：京津路多外人出行，此次收回德界新置之巡警，精神非常，其故伊何，则因多外人观听也。此等事专为应酬外人而动，其故可深长思矣！

诸生当此改革时代，正值醒狮之时，幸也何如？且我南开学生，有知之机会，有作之机会，有听之机会，故应练习自动，勿只信教员，勿尽依学长，其造就之人才，须世界变化之能力，乃为真正之教育。

上次所说，为外人评论中国有机会。此次则云中国当改革之际，睡狮方醒。诸生须作自动的，不作被动的，乃中国真正之砥柱也，有厚望焉！

1917年4月18日

访美感想

在美读书幸得与范、严二先生尝相讨论，下班后即将堂上所学之功课同二先生研究。夏天得以至各处参观，并常见新闻记者及至各处演说。又曾至英属加拿大二次，以详察其大学、中学、理学校中行政，是否与社会上结果相同，嗣因有流行病阻碍，未能尽至所预定各处。

这一次到美国，看见他们物质上跟以前不同的，如长桥加多，建筑加高等等，亦颇不少。而其人民精神上之表现，于其对于战事上之行动，观之颇足感人。如其兵操之自由、公债逾所募之额，省面俭肉、定期禁火等事。在事前予等不知其须加若干巡警，以维持此种秩序。而一观其舆论，察其行动，则殊非始料所及。青年会及善团联合会捐款均逾额。向者以美人只知爱钱，今见其所给之数，为前此历史所无。

再看联军给美国的责任，是教他挡着德国往巴黎进攻的要道。彼时美国每天都有图报，以告联军进取的情形。大概都是美国先攻，法国随进，英国自然亦就进攻。在德国要求之时，德之势力并非全灭，德兵尚在法境，而其完全降服决计停战者，即自觉前此错看美国。而今事出意料之外，绝无恋战希望矣。在德人起初想美人性不好战，无所可虑，即彼愿战亦无预备，更不能远至欧洲，尤非德国敌手。此种观察，原非无因，美人诚然不好打仗，亦诚然没预备。但一经明白便愿打仗，一经知道即已预备。人一转，都为打仗的人，事一转，都成打仗的事，那等的专精注意，真是全国一致。美国此次送兵到欧洲，差不多有二百万人，其兵船为德潜艇所打沉的殊不多见，那就是因为他的口岸多，他的变化快（这些事都与教育有关系）。比起来德国是整齐，美国是散漫。然而美能胜德，其中不无原因。德人为机械的，其脑筋为兵官，其灵魂为国、为大皇帝、为国魂。美人则一人算一个，如不打即不打，打则手脚打，脑筋亦打，灵魂亦打。这个分别，一个是机械的，一个是全体的。德国人是有头有户，美国人则纯然是民主的精神。个个人都为头，组织起来则整然有序，散之则各自为主。德人操练的好，而变之甚难。美人起首组织不如德国整齐，而愈长愈好，以其人好变，须知现在打仗，国内国外均须时时更变。

此外还有一项，就是世界的趋向。当年多半是少数管多数，而今民主精神日见增长，所以联军得胜。

此次战争打败了的固不待言，即非打败了的，间接受其影响的，亦有几国，如日本、英国。日本先仿中国，后仿美，后仿荷兰、法、英等国，又后则纯粹仿德，洎今已随德国跑了若干年。现在他们的老师已经倒了，他那举国识者不免有所忧虑。予由美返国过日时，有他本国人新都护氏，大学教授唱本主民义，大家正在那儿同他辩论。若说英国在他本国民主的精神，本来很好，而这一次牺牲了不少，以后对于财政殖民地方法，还需有所更变。受好影响最大的就是美国。他们的来历，本来就极清洁。他们就是英国的清教徒迁移到美洲的。其精神上最好之点为自由、信仰，而且无旧套。天产富，四邻都好，两面近大洋。他们自己常说，借着华盛顿建筑美国，林肯巩固美国，威尔逊找着美国在世界上的地位。他们最大的发达，就是财力。如今恐怕合世界的财力亦不敌美国。记得有天同范先生谈话说，看看美国建国百余年，他们乡村的路，便可行automobile。吾们立国四千年，反倒无路走。他们岂是从欧洲带来的么？不是。是他们能各尽其力，分开极力发达自己，而同时又对于社会上负责任。今且合力建设，将来定有可观。当初有远见的人，便说将来美德必有战争。因为他两国的主义相去太远。今彼美人果因其主义牺牲财产生命，嗣是其国势必益昌盛。因为他们的主义高尚，又正合于世界的趋向。其次受益者，为比、为法、为瑞士、为荷兰，再其次为中国。中国数千年来，迷迷糊糊可以说是未醒，而今一醒正当其时。英文字可以说中国人一睁眼，正在right track上。而日本挣扎数丨年，而一睁眼正背道而驰，可算真冤。吾国人可算真便宜，然而如此便宜即听之乎？抑当急起直追，以图挽救。挽救之方何在？即在教育，故愿同诸君一商教育问题。先时吾国教育目的，为尊君、尊孔、尚公、尚武、尚实，而今又当如何增减？予在途中同严、范二位先生谈，何为教育宗旨？当本其国情而定之。论中国古时教育，在三代以上甚好。予尝对美国同学及先生讨论学科目，一切均以切于现在生活为准。予告彼等，中国上古教育之完美，并举一例，即当日孔子所用的学科目：诗、书、礼、乐、射、御、书、数，即达情之歌，纪事之史、礼节、乐谱、射击、驾御、做事、计算。在当日两千余年前，可以算很完全了。到后来就是因为君主专制，所以愈闹愈糟。列国时诸子思想奇特，颇有所现。因之后来君主愈发设法限制，甚至杀害。君主这种组织，在世界上实在是很奇怪。大臣以孔子之道劝君使之爱民；君主以孔子之道教民，而使之不反，先时文人尚可随便说话，入后则君主制人方法日益进化，则限制人之思想乃愈严，直至清时八股可谓极矣。幸工商尚未受骗，所以尚能支持。至于今日，吾国历史上亦有革命，不过重翻旧篇，再做一遍而已。由唐改宋，以至元明清都是照样文章的太祖、太宗，天子登殿，群臣称贺，直至清末，国人为世界潮流所激荡，遂成辛亥革命。这次革命以来，改头换面，已经是旧篇历史上翻不得的了，所以捣了七八年的乱。由此以后，尚恐怕是不只七八年。外人问我将来中国怎么样，我简直不客气就说：不知道。……究竟中国仍然捣乱的是因为什么？就是无组织，无人组织。近世发明之最大者，即归纳法，由万事万理以证明一理。先此多用演绎法，由一理演至万事万理。现在世界各国长进法，比之如生植物，非但畅遂其天然，使之茂盛，更加火生热，使所生长胜天然者百倍。而吾国则蹙其苗，害其穗，并天然者亦不畅遂，奈何？

予尝谓今后世界上有最大长进希望的国，除了美国，就是中国。国人不可不知，而吾民国在都没到底，所以图救之道既须信民国，尤须信教育。

今后教育当（一）尚实（勿虚）；（二）尚理想（勿妄）；（三）按科学法教之做事，即凡做一事，当先研究，后计划，然后执行，最后则批评之，以见短长；（四）当利用物质，利用科学，去岁大水物质害人，而人不能于事前制之。学科学当学其用法，如观察、试验、公式等，而其原理之价值甚有限；（五）当学组织，先时专制时代，“二人偶语弃市”，而如今人批评毫无实验，发不负责任的苛言，不知事理的难易，又是过当；（六）当学社会科学，即打破旧家族制度，而成国家，旧家族可以谓之一堆一块，分不清楚，不成民国，今当将此制度打散了，使成个人，然后再合起来使成社会，使成国家。

若按如此进行起来，个人的进化，团体的进化，必当蒸蒸日上；民国的盛治，可以说后会有期。要想造新民国，不可仿造，当想造，创造。中国当年即非仿造，更当看活了。凡事都要问问是如么？如是则将来中国强，即于世界有关。因将来世界要缩小，中国要涨大。

1919年1月25日

中国将来的希望

余近年来因为本校筹款，在校时日甚少，每以为恨。本星期幸得暇晷，曾巡视校中一切状况，见秩序极佳，诸君生活亦按部就班，无不合于规律，心中颇觉欣慰。近年来，余在社会中所见之现象，既多杂乱无章，又多悖不合理，心中蕴有无限愤恨悲观。而到校一视，辄觉心平气和。余在外所历艰难甚多，然因之亦得有制止之法，今试为诸生言之。

其一，余为学校筹款，常因不成而不豫。然一般为个人私利者流，则终日奔走，未尝见其厌倦。于是念及孔子“吾未见好德如好色者也”之言，则知己尚有未足，不豫之情乃潸然消除矣。

上图为张伯苓在哥伦比亚大学时（1917—1918）的留影。下图为1929年张伯苓（左四）在欧洲考察教育时，与老舍（左三）等南开校友在伦敦植物园合影。经过对欧美教育的考察，张伯苓认识到教育与社会的密切关系，研究教育必须从社会实际出发。张伯苓还提出了学习西方应持的正确态度，他认为“我们取法的，只是他们科学的方法和民治的精神的使用，而不是由科学方法和民治精神所产生的结果”。

其二，近日时局混乱，对之每生悲愤之感。然细思之，此种混乱，非过去几种事实之当然结果乎？既属当然结果，尚何悲愤之足云？由是可知，吾之所以悲愤得毋因，不确知事理之缘因乎？念及此则悲愤之气，乃全归平静矣。总之，吾人对于外界一切事物，苟能责己，则一切不平之念，俱无发生之余地矣……

然则今后之中国果尚有希望欤？悲观者视之，自非断定无希望不可。但试进一步思之，亡中国之道有何？统观之，不外两种。其一，为因外力之侵略而灭亡。其二，为自己不振而自杀。中国目下能为外力所灭乎？以言欧洲，则大战后一切异常凋敝，数十年内，彼辈自顾尚不暇，未必有余力以侵中国也。以言日本，则一面受美国之牵制，一面受此次天灾之损失，亦未必有力外侵。是可知中国之最近将来，固决无外侮之虞，而一切希望均在自理无疑。然反观国内一切情形，则使人既愤且悲。本无定乱之法，而想一不合理之法以处理之，结果则现象愈混乱矣……推测中国最近之乱源，厥在人才缺乏。固有数以人才名者，然以其非真人才故，不能赖以处置各事，故中国之将来希望，纯在人才之多寡。而本校办理之初衷，即以造就人才为目的。诸生须知，少年在今日，做事之机会最多，果尚不能负一责，未免太可惜也。愿诸生勉之。

1923年11月1日

中国之现状

尝闻人谓中国学生较美国学生多沉思。此乃自然之理。

（一）中国学生负改造中国之责任。国中人士负政治社会之责者多无知识，其有知识者又无经验。国人百分之八十不识字，而能识外国文者尤少。诸君旅外读书，负改造社会之重任，自当与美国学生之享受太平极乐国者不可同日语。今诸君有最好之机会，来此读书，就应利用此机会负将来改造社会之重任。

（二）预备。诸君就学读书须自己审识情形以别取舍。外国学校如大工厂，学生如工厂之出品。彼学校视社会之需要而定教育之方针。适于此者有时不适于彼。中国情形与美国不同，故诸君就学亦应审择其于中国情形相合者学之，否则舍之。此取舍之中，即视诸君之审变力如何以为别耳。

（三）审变。年来国情变化非常之速。诸君须能应此潮流之变化，推测变换之趋势与其因果，而后方能应付此变换之国情。近世思想之变迁，行为之变迁，以及政府组织之变迁等，皆由于科学进化之影响所演生。结果遂有资产、社会、经济之冲突。中国处此变换之时代，求之应付自如实非易易。概以缓变则应付易，速变则应付难。年来中国之乱亦遂原因于此。

究以上之变迁将如何以应付耶？欲解释此问题必须推究根本方能解决。如政治问题由改君主为共和起，十八年来变乱相寻，至今始渐渐入轨道。中山先生之建国大纲由军政而训政，再次为宪政，步骤井然，如能行之不误定能进入承平之世。

…………

东三省地处边隅，北有赤俄，南有日本，中东、南满二铁路实为经济侵略之最要工具。然近二十五年来利用中国之人工，日俄得开发此富庶之区。每年生产之粮米等项除供给三省人民外，尚有余剩远销国外。回视内地各省，百分之八十人民务农，尚年年待赈，今且饿殍载途，不计其数。生产工具之应改良，结果有如是者。国人痛骂清朝之腐败，熟知清朝时代国土尚有增加，今则就此区区之内地数省尚不知如何利用，徒待饿殍。与欧美各国同一生存之今日而有此不进化之现象，真真愧死！

中国旧观念士农工商四类，士为最高。数千年来就此重士轻工之观念，致养成一般空谈而不做事之腐败阶级。高倡精神文明，而不知改良社会，提高生活程度。二十世纪文明之下尚有受饿之民族，精神文明价值何在？今诸君皆为国人之英俊，负重任，有好机会当如何免去空谈之弊病，而务实际之做事以为全国人民之模范耶？在校时应多讨论有关中国切要之问题，俾日后做事不致茫然无所措手足。此吾之所愿与诸君共勉者也。

1929年4月19日，有删改

中国的富强之路

九个多月的工夫，诸位一定很想念我的，但我也很想念诸位。一个人离开了他的故乡，便有所谓“homesick”，我这次却犯了“schoolsick”。现在来到学校了，这病亦好了。

所感谢大家的，第一便是今天诸位的到站欢迎。我在欧洲时即有函致学校，请大家不必太隆重，可是在上海有许多人欢迎，来到天津又是如此。第二便是同人们维持学校的进行。我离国九个多月的工夫，各事都照样的进行。在这种混乱时期，大家还能继续向前，的确是一件不容易的事。大家的力量真不小，无怪外人称我们为家庭学校了。中国人的家族观念未除，对于家庭总是有一种爱护的心理。

余自前次出国至今已十年。在此时期中不得休息，大学、女中学、小学的成立，三个学校的向前发展，一切经济的筹措，都是我亲手经营。并且经费都是向人捐来的，私立学校的办理不像官立学校那么容易，我们须用款少而做事多。好在我们的运气还不错，总算过去了。经过了国内的几次政潮，我们不但要应付政潮，还得要力谋发展；当着现在北伐成功的一段落，政局必有小安，故假此机会出国一行。此行目的有三：第一为休息，第二为捐款，第三为研究欧美之教育状况。

第一，先论到休息。我所谓的休息，不是躺下或坐下身心全部的休息，乃是根据心理学家的说法，是改变环境而工作。以前是在学校里办事，到了外国便不然了，地方不同了，所交接的朋友也不一样了，所用的语言更是不同，以前所常运动的几个机关休息了，换了机关去操作一切。休息的结果，我的腿是时常用了，外国的道路很好，短的距离都是步行。以前在中国走长路便腿痛，现在练习的能走路了。手也是时常用，外国旅馆里的仆人很少，行动时一切行李的收拾，轻便物件的携带都是自己下手。并且我的衣服除衬衣硬领外都是自己去洗，省钱还是小事，这倒是件睡前的exercise。我以前久坐腰痛，现在九个多月未犯了。我的身体是较前强健了，思想脑筋都较以前活动，对这一项的结果可以算是圆满。

第二，捐款。这的确不是一件容易的事，向外国人捐款更不容易，欧洲人自顾尚不及，所以只有在美国捐款。美国人的财产都是自身赚来的钱，不易拿出，无故的绝不帮助，必须理由充足。再有便是美国立国百余年，而今土地肥沃，工商业的发达，都是自己努力创造出来的，并没有任何人的帮忙，自由的精神、独立的精神是美国人所特有的。我们向他们捐款时，他们要问到中国的财富为什么不自己去发展，我们是莫可以对的。用可怜的态度，beggar的手段，美国人是绝不予以同情的，所以不能这样说法，必须有正当的理由。我这次的理由是中国以前怎样好，将来预备怎样发展，现在虽然不好，乃是因为内政的纷扰，故经济紊乱，所以需款办教育造就有为的青年，因此我也要请你们稍帮忙，不是用你们的钱作基金，乃是在这过渡时期几年中的经费。使他们看看我们南开的以往，他们便可以晓得我们是时时刻刻在困难中争斗的。三十年的以往我们绝不是follow the least resistance，容易的道路越走越狭，难走的道路才可以发展前进。他们给我们钱很小心，可是我们用之也不是随便，因为我们有我们的自立精神。世界上再强也没有能自立的人强了。又因为中国的问题是未来的世界大问题，助我们解决这个问题，也是他们所应该的。

在美因时间关系不能久住，许多友人之维持有委员会Committee之组织。委员多系各界名人，由彼等介绍富户而资助。如经友人之介绍曾到New York见一位富翁Mason，彼则允许每年捐款二千美金，以五年为限。又有Chicago的一位太太也允每年捐助一千美金，以五年为限。此外尚有每年允一千美金者一位，现来中国在燕京大学开会。总之，捐款注意点有二，第一便是须有人介绍，第二须有充足之理由。此次因日期短促，日后尚须仲述先生一行，办理一切尚须进行之事。

第三，关于我研究教育的状况。教育的考察以前是注意学校的组织、外形，现在的考察不应如此了，因为我看过的学校不知有多少了。现在的考察教育便是考察社会。教育是解决社会问题的，各国的情形如何？一切政治经济的状况如何？教育怎样解决他们这些问题，所以教育与社会很有关系。

这次与各国的教育家、社会重要人物讨论他们国家的重要问题，如何解决这些问题，教育怎样解决这些问题。各国都有许多通病，这种通病于我们很有帮忙。以后我们若是犯了某种的病我们可以相对照，而不致恐慌，这样才可以解决中国的问题。一个学校并不是上课读书便完了，需有活的感觉。我们中国现在一切教育的混乱那更是不成话。这次在美，最助我的便是克伯屈博士，他在美国的地位较次于杜威，经验学识都是很丰富的。我以前在美时他是我的教授，那时他发表思想我只有听，现在我可以问他问题，所以得到他不少的帮忙。在英国也是用这样的法子去研究一切。如英国的失业问题，我便找研究专家去讨论，凡一切重要问题都是用这种法子解决。

前两次出国不善观察，此次则较前圆满。田地的耕作、工厂的生活，我都有相当的观察。总合起来便是知识，不重呆板，不存固定之成见，这才是真的knowledge，所以年岁越大，经验越丰，而knowledge也就越充实。

我所观察的总结果，生在这个世界的人不奋斗、不竞争是不能生存的，miserable life是无意义而可怜的，所以

民国学生在上课。

1941年，民国学生学习射箭。

我们必须奋斗。这的确不是件易懂的事，中山先生所提倡的“知难行易”很好，所谓“知”乃是切实的认识并彻底的了解。

我所观察的世界各国，好的国家是“富”而“强”，不好的国家便是“贫”而“弱”。我们中国便是贫而弱的国家，人民的一切苦楚都基于贫弱的原因。我们若是打算强，解决我们的最大问题，只有按着以下的步骤做。

提到强便有一种联想，就是军队、军火等，其实不然，乃是关于我们个人身体的锻炼。这次在美有几个大学矿科毕业生与我谈话，他们都是在美国Ford车厂做工的，并且在我们大学时身体非常强壮，中国人中之较健者，这次他们都感到体力的缺乏，身体不如外国人，工作的效率不能与外人相较。这不是个人的不健全，乃是我们的历史使然，一代一代的传下来形成了我们危弱的身体，所以我们身体的健壮是要紧的。我们的身体强不见得是要打仗，就是做事也很要紧。外国人四五十岁是正当工作的时间，我们中国人三十岁以后便作整寿，大概四十岁便入黄土了。体力、脑力不充足，做事的效果如何能好？我们在学校里绝不应该像现在一般人一样。再就是众人的强，许多人能联合才有力量，能联合才能致胜，才有势力。中国人既是弱，但是能联合还好，可是还是四分五裂、自私自利，合作的精神丝毫没有。这是中国人的大病，治这种病必须在学校做起，我们要练习团结，练习合作。我们南开的师生要彻底的努力的做下去，锻炼我们的身体强壮起来，一代不行可以往下传，终有强健之时。还要联合，我们的团体要坚固，以便增加我们的力量。

再次论到中国的贫，我们的确是太贫。中国现在是吃社会的人太多，生产的人太少，社会的现象是不生产的人更可享乐，这样下去焉得不贫，焉得不弱？至于贫的原因，第一便是工业的缺乏。我们穿的衣服平素用的东西多半是外洋运来，就以布而论，我们是否不会织布？“男耕女织”是我国古时社会的现象，而今怎么竟穿的外国布呢？乃是因了不进步，不改良，所以就被外人压倒了。中国人曾发明造纸，可是到现在处处用的都是外国纸。更有可耻的，瓷器的命名为“china”乃是因为中国的特产。可是现在如何？Foreign china is imported to China，外国的瓷器运到中国来卖。中国以前的社会职业有所谓“士农工商”，现在只有三种人，一是官吏，二是军人，三是农夫，工商已经提不到了，工人无工作，商人发售外国的货物还算什么商人？第二是人民的聚居，中国的农业是发达的，比任何国家的农田都好。因为我国人是特别吃苦耐劳的，而勤俭又为农民们的天性，所以有这样好的成绩。可是中国的农民特别的穷，原因乃是中国农民所占的土地太少，不能尽量的发展。所以以后我们要提倡移民。可以移民到东北及西北各省，开垦我们的广大平原。第三便是我们中国人口的众多，以后我们要用优生学的方法，产生强壮的人民，要制止人口的特别增加。总起来说，要切记这三项：第一提倡工商业，第二移民边界，第三节制生育。

愿我们南开的学生要本奋斗的精神，努力向前，使我们的身体强健，不要自私不要自利，各大城都有我们南开的毕业生，都能表现一种特殊精神。无论什么事情越练习越上进，我愿大家本着“大家事大家办”的精神努力一切。

1929年9月23日

团结与民族存亡

一般思深虑远之士，目睹时艰莫不忧心如焚，以为民族之灭亡，殆不可幸免。因为从任何方面看来，殊少不亡之道。事机的危迫，固然不容否认，但遽然断定偌大的一个民族便将从此澌灭，我们以为这是悲观派消极的论调，没有看清民族积弱所以对外不竞之主因。倘使找出它的主因，而知道不是没有方法可以挽救的，人们自会抛却消极的徒然的悲叹，而积极的向事实方面做去。

那末，这对外不竞的主因是甚么？就是不能团结！

《诗经》上说："兄弟阋于墙，外御其侮。"平时虽小有意气之争，一旦外侮临头，总可以嫌消忿释，同心抵御。因为不如此，便为敌人所乘而不能以自存，此在稍有常识的人都该知道罢！然而痛心的很，我们竟不御侮，只阋墙。日本人在国联会议席上公然讥笑我们说，“中国是一个无组织的国家”。现放着许多实例，可以给他拿去作强有力的证据，我们有什么方法可以辩驳！有人说，“中国人的不能团结，是几千年专制政治造成的”。例如，秦始皇治下的人民偶语者弃市，谁还敢提倡组织、商谈合作。又有人说，“中国人家族观念过深，所以大家不肯为国家为民族团结起来，谋公共的幸福”。我以为这都不是不能团结的主因。不能团结的主因，只是一个恶魔为祟——就是“私”。

胡适之先生说：“中国有五大恶魔，穷、乱、愚、弱、私。”私是五大魔之首，因为私可以使人穷，使人乱，使人愚，使人弱。私能破坏一切。它能使你忘了民族，忘了国家；它能使你灭掉良心，抛弃人格；它能使你甘心为恶而可以悍然不顾一切；它能使你只知有个人不知有团体，所以敌人的炸弹尽自在上海轰炸个土平，长城的抗敌志士尽管叠尸喋血，而逍遥租界和距离战区稍远的人们依然隔岸观火，一般不经意。比及战事刚住手，内争便立刻起来，致使爱我者痛心，而仇我者快意。野心强敌之敢于肆然无忌地既陷东北三省，复占我热河，侵及华北，西窥朔宁，外寇之日深，又何尝不是早看透了我们，只顾自私，不能团结么?

中国人之聪明、体力并不见得不如外人，唯其“私”之一念，牢不可拔，所以演成这种局面。可是私之所以养成，至此牢不可拔之地步的究属何故? 分析起来，约有数端:

(甲) 个人心理养成的私

一、由于公私之辨不明。有一般人对于公私在道德上之评价，原亦明了，也知道人在社会里应当公而忘私，不过对公私的概念认识不清，明明是损及公众的事，他却视为故常而不经意。譬如在公共集合场所任意妨害别人观听，以及随便动用公物以利私人，都是对于公私的概念认识不清的结果，推究起来都是只知有己，不知有人的心理所演成。

二、视损公利己之以为小节。更有一等人原也知道公私之辨，也知道私为不道德，但终以为系属小节，无伤大体，以为小有出入，又有何妨。殊不知大恶乃由许多小过积累而成。起初对于小过不加检点，久之习惯养成，便公然作恶而不以为非了。

三、公私之辨虽明但与行为不发生影响。其次是对于公私的概念虽说认识得清楚，但不过认识而已，对于行为上并不发生影响，所以尽管嘴里说得很响，但一考究他的行为，依然充满私字，这又是一个原因。

四、只顾自己不管团体。还有一种最坏的心理就是固执成见，不顾公议。有人说："十个英美人开会，虽然会场上意见分歧，会后大家必一致去推行所通过的议案。十个日本人开会，会场上有一强有力者发言，结果大家按他所说的通过了，十个人一齐努力推行。十个中国人开会，会场上有许多的争执，会后各行其是。"这很可说明我们中国人的固执成见和不顾公议的心理，差不多成了民族性。

（乙）社会风气不良养成的私

五、缺乏社会制裁。以上所说仅是个人心理上所造成的私。假使社会上有相当的制裁，也可使私消灭于无形，不过秩序紊乱的社会失去了这种制裁的力量，善良分子充其量不过抱着独善其身的主见，作一个“自了汉”。其下焉者又皆随波逐流的下去，所以别人的行为如何损及公众，只要与我无干，便可拿“休管他人瓦上霜”的态度对待他。个人营私利己的行为既不见得有旁人来干涉，又怎不胆大妄为，公然无忌呢?

六、过去社会无团结的成绩。社会道德之养成，在消极方面需要有一种有力的制裁，在积极方面尤需有一种善良的成绩作为榜样。但事实上真叫我们惭愧得很，打开我们民族的历史，试检查一检查，真找不出一件团结的事实来，所有的只是个人修养，个人找出路，全是个人独善其身的事实。那末生长在现在环境之下的人们，又哪能会有团结的精神!

有以上各种原因，结果遂养成一般人只知为个人找出路的普遍心理，而整个的民族遂如散沙一般不能团结。

但我要问，不管整个的民族团结，专找个人的出路，果真找得着出路么？那我可以断然地说：绝对的不能!

这可以拿两件譬喻来说明。

一件是西洋某名家小说所描写的故事：

某一个地方正在闹着很凶烈的传染病，一个富翁的家宅，正居这地方的中央，环绕他周围的家都在被传染病蔓延着。富翁为了一家安全起见，并不答应公众的请求联合起来做全区防疫的工作，却在他自己家宅的周围筑起高墙来，以为任他传染病多厉害，高墙总会挡住病菌的传播，而自己便可免除危害。殊不知墙外的民众因为得不到富翁的帮助，无力防疫，结果全区死亡过半，而富翁全家亦终被传染尽数死亡。

一件是，一只帆船航驶在大洋之中，忽然遇着暴风。船上的人们不去帮着水手下帆稳舵，却先去抢救生圈，得不到救生圈的，便纷纷地争着去攫取船上的木板，好防备船覆之后，可以浮在水上得保暂时不死。暴风之来，原不一定就会把船吹翻，但因为船上的人只顾各图谋生，纷乱争夺，先已把船闹翻，结果葬身海底，无一幸免。

以上两例都是专为自己找出路，而忽视团体的出路，结果团体没有出路，个人出路的机会因之断绝，与团体同归于尽。反过来说，假使富翁当传染病初起，答应民众之请求，协同设法防疫。不但己家不会被波及，同时并先已救济了一般民众。在船上的人们当暴风初起的时候，如果群众一心知道保护自己所托命的孤舟，帮同水手，整帆理舵，也许可以抵抗过惊涛骇浪而保全了阖船的生命。此中道理原极明显，但人们卒然遇到了祸患，自私之心便主宰了一切，任你大声呼喊，至于舌敝唇焦，他只是图个人的安全，而置若罔闻。请想一个民族的分子都是这种心理，怎能免于死亡？

所以我们要挽救民族之危亡，只有团结；要团结，只有先去私；去私之过在个人方面：

（一）对于公私的概念先须有明确的认识，以严公私之辨。

（二）知识与行为要发生影响，既已明白公私之辨，便要身体力行，丝毫不能通融假借。

（三）遇事应为团体设想，要处处替事业的前途打算，不可存心专为自己。……

在社会方面：

（四）要养成社会的制裁。须知个人之不道德，会影响到团体。你是团体的一分子，团体的利害与个人自然息息相通，遇到别人因私而危及团体的行为，便须以维护自己福利的态度来制裁它。

倘人人都能照这样做去，在个人养成善良的分子，在团体自具有善良的组织，我想一定会把不能团结的病根拔去。须知生物进化的原则是适者生存。人类也是生物，自然逃不出这优胜劣败的公例。如何能“适”？怎样才算“优”？就各个来说，哪个也不优，哪个也不适。不过各个分子合了起来，成为团体，他的生存力便强大起来而成了能适应环境的优胜者，而不致为天演公例所淘汰。所以一个民族要逃出危亡的命运，非有组织，能团结，才能适应环境以谋生存。

不过单是空知团结也是不行的，必须从团结事实上做去。具体的讲，团结的实作，以走教育这一条路为最容易而有效。青年们大概都没有染上社会的恶习，我们现在使青年们彻底了解此中的意义，等到这一般新分子走入社会时，前一代受毒——私——最深的旧分子已经死亡，这样新陈代谢，就可以拔去中华民族的病根。至于如何着手去做，最好从体育方面下手。因为体育方面有两个很好的训练：一个是合作（team-work），一个是公平（fair-play）。譬如，足球比赛，胜负不能只靠前锋的进攻或门将的守卫，必须赖全体队员的共同努力。这种共同的努力便是合作。再如，田径赛，自以守规则者为上乘，偷巧的比赛者，一定不为人所尊敬，这一点便是公平。如果全国青年都能努力发挥这种合作与公平精神，并且能transfer（触类旁通）到一切行为上，所谓团结自不成为问题。

还有一点，政治上每有主义之争、派别之争，然而事实上很显然地证明，无论奉行什么主义，或哪一个派别，结果不团结，结果必定失败。须知团结是超主义的。我们国家无论采用何种主义或政纲，如不把“私”字排出中华人群以外，以谋整个民族之大团结，却来希望民族有出路，国家不亡，那真是梦想！

中华民族的危机已到了最后的地步，无论从任何立场来看，唯一的救亡策只有团结。如果专为个人找出路，那可以说和“筑墙防疫”“毁船求生”一般，算是立下灭亡的铁券了。

1934年，有删改

第四章

南开的记忆

以中国历史、中国社会为学术背景，以解决中国问题为教育目标。

南开大学成立之动机

…………

南开大学系由中学部所产生。吾犹忆十数年前南开中学始成立时，天津中等学校同时而起者不下七八处，如官中、新学、长芦、明德、私二、私三等，皆争胜于是，而至今存在者已无几。若发展由数十人、数百人，以至千三四百人者，则更希矣。此中消长情形，固有幸与不幸之分，而南中办事诸同人和学生笃信教育万能之梦，至处此经费极困难情形之下，仍能煞费苦心，竞争不息，亦可大增吾辈办学之信心矣。然非即以此为满足，中间亦屡次欲提高学生程度，如开办专门班二次，皆以经费无着与章程所限等原因而停止，致将学生转送他校，至今犹以为憾。现大学成立虽逾三年，而其始亦几经波折，始克继续发展至有此小小之成功。此数年间，与吾校同时而起之大学，如东北、西南、东南、河北、鄂大及厦门等，皆耸动一时。而至今除东南、厦门与南大三校外，他将成为泡影，或至今尚未实现。东南与厦门两校，学款尚裕，可望持久。吾校经此三年之试验，学生由数十人增至今三百数十人，与前相较，增且数倍。以学生言，可谓幸事者一。年前以校舍狭窄，难以扩充。今得津南八里台广地数百亩，以充建筑校舍之需，第一处楼房一二月即可告竣，则第一班毕业诸生，明春定可在新校址举行毕业典礼，当不至再有转送他校之虑。以校舍言，可谓幸事者二。吾校经费自中学既感困难，然从未以此而中止。吾大学经费，三年来亦不充足，不久将再事筹款，或可望有成效。且美国煤油大王前所捐之十二万五千元科学馆助费，亦可望领到；则今日理科诸生，明春当能得大科学馆之享受。以经费言，可谓幸事者三。此外，大学最要者即良教师。现在座诸教授，皆一时之硕彦，从此教诲得人，诸生受益，当非浅鲜。以教师言，可谓幸事者四。

以上乃数年来吾校成立之历史与此后进行不已之计划也。然年复一年，茫然计此者何？为此即吾南开大学教育目的何在之问题。吾将借此机会为诸生约略陈之。

吾族自有历史以来，世世相传，从无过极困难之时期，如吾辈今日所身遇之甚者。盖前此所谓之困难，乃一族的，一事件的，甚或一二年的。今吾辈所身临者，乃外界潮流突来之打击，未及应付，即将吾固有之环境打破，以致标准丧失，是非混淆，社会泯纷之象日甚一日。究此原因，即所变者过急，国人莫能定其新环境以抗之也。故外潮一入，民气全失，长此以往，黄帝神明华胄，将何以堪？于是忧时之士，始也希冀袁氏帝制推翻后，则一切泯纷之象皆可迎刃而解，全国上下就可好了。既袁倒，而泯纷之象如故，于是又转其希冀之点于张勋复辟失败，于安福失败，于直奉战终等，而前此泯纷之象至今仍如故。“就好了”三字之梦，乃大失其信仰心。然则此问题将如何以解决？吾无以答之，惟求之于南开大学教育。

约翰·杜威（John Dewey）于其《民治与教育》（*Democracy and Education*）一书中，前四章论应付此种外力之法最精微。谓当一新环境之袭入，须先自定方策，即有一种“动机”，以应付外来环境之逼迫，以与之较胜负，继续不已以至终身，始克得胜。今吾华民族所最缺乏者，即此种有“动机”而能引领全族出此迷津之领袖。南开大学即造此领袖之所望。今日在座诸男男女女一秉此心，自强不息。

总以上所言，此次大学成立之动机，系第三次之试验，此后将打破艰难，永无止息。至成立之历史，则一由外界之帮助，二由内部之增长——校舍扩充，学生增加，教授得人。而教育之目的无他，在求此解决吾华困难问题之方而已。此问题吾知非一时所能解决者，然“百尺高楼从地起”，事无大小，全在精神。西谚有言：“对小事忠心者，对大事亦必忠心。”故吾敢语诸生，凡事不在成功，不在失败，只视其如何竞争。今吾辈既生此时艰，万勿轻视自身，须记汝“责任大”，“机会好”，志向一定，前途正远。人谓南开今日虽小，后望方长。他吾不知，吾惟知“穷家子弟咬牙紧”，“生于忧患，死于安乐”，“天将降大任于是人也，必先苦其心志，劳其筋骨……”，望与诸生共勉之。

1922年9月18日，有删改

南开学校的教育宗旨和方法

（一）南开学校教育宗旨及其教授管理之方法

凡事必有一定宗旨，然后纲举目张，左右逢源。本校教育宗旨，系造就学生将来能通力合作，互相扶持，成为活泼勤奋、自治治人之一般人才。英语所谓Co-operative human being者是也。欲达此目的，不可不有适宜之办法。前山东师范生来本校参观，在思敏室茶话，席间有以本校教授管理之方法相询者。余当时曾设譬答之，谓如幼稚园之幼稚生然，唱歌时每须举动其手足。为之保姆者，不过略一指点，其前列聪颖之幼稚生立时领悟，余者即自知如法仿效，无须事事人人皆须保姆为之也。本校教授管理亦无以异，是惟在引导学生之自动力而已。诸位先生倡之，老学生行之，新学生效之，无须个个提耳谆嘱也。而精神则在“诚”字、“真”字、“信”字。本校至今办理小有效果者，恃有此耳。诸生日日灌溉此精神之中亦知之乎？汝等新来诸生，亦当如幼稚生之视其前列聪颖者之举动，而注目先来诸生之勤苦者之举动，特汝等现在程度远非幼稚生之比，则努力进步，应亦较幼稚生为甚，如此作去，则九百余人之教授管理，殊易易也。

（二）爱学校

人为万物之灵，而不能如草木之孤立为生。在昔原人时代，人之生也，只知有母，其后人类进步而有父母兄弟。以中国习俗言，尚有祖父母、伯叔等等诸关系，此种组织institution是曰“家庭”。然家庭系血统的联属，自然相爱。再进，人不能不求知识，为涉世之预备，于是离家庭、入学校。等而上之为社会、为国家，凡在一种组织之中，则己身为一分子，member一言一动莫不与全体有密切关系。对于社会国家，今姑勿论，而但言学校。学校系先生、学生与夫役三部所合成，其目的则造成德育、智育、体育完全发达，而能自治治人、通力合作之一般人才，以应时势之需要。诸生须知既为学校中之一分子，则汝实栖息于此全体之中。学校而良善，汝亦随之以受益；汝而良善，学校亦随之与有荣。反言之，学校而有缺点，汝亦不完；汝而有败行，学校亦玷污。利害相关，休戚与共。夫狭义之言学校，则课读而已；广义之言学校，则教之为人。何以为人？则第一当知爱国。今人莫知我国国民爱国心薄弱，欲他日爱国则现在宜爱校，既同处一校则相与关切至密，亦既言之矣！故须相爱，以相助相成，其理由至易明瞭。然则如何用其爱，第一对于人有师长、有同学、有夫役，余不敢谓本校诸位先生如何特别优尚，惟余生平任事数校，求如本校诸位先生之一致、之认真、之热心，并以余暇竭力扶助学生诸般之自治事业，殆属绝无仅有。吾向以中国前途一线光明，舍振兴教育外无他术。今得如许同志协心同德，将来当不无成就也。诸生知有人敬爱汝，则汝必思厚报之。今诸生能敬爱诸位先生，则诸位先生亦自更加精神，以惠爱答之也。然教育非如贸易者，以一文之价来，必以一文之物去，硁硁然不肯溢利与我也。且师长对于学生，莫不勉力扶植之，而对于资质稍次

上图为1929年南开学校为表彰董守义的功绩而赠予他的奖章。上面的文字为“董守义先生惠存，南开学校师生敬赠”，中间是“为国争光”，下方为“十八年四月率领本校篮球队南征战胜沪江西青匹刺堡及菲大纪念”。下图为不同时期的南开校徽。

者为尤甚，表面似恨之，其实则竭力成全如恐不及。诸生切勿误会此意，对师长要爱，对于同学尤要爱。诸生试思，在家兄弟最多六七人已不易得，今在学校则九百余众是皆异姓兄弟也。在家兄弟少，在校兄弟多，则在校兄弟之乐，自亦较大于在家兄弟之乐也。且在校同学一语良言，其益往往过于师长终日强聒，盖相习既久，长短互现，无隔靴搔痒之谈，多对症下药之论，收效之易自无待言。交友不必酒食征逐，须择规过劝善之真能益我者。然语云："无友不如己者。"西语亦有云：Birds of a feather flock together（喻人以类聚也）。优尚者与优尚者处我虽欲得益友，奈益友之不以我为友。何曰此，惟在汝自处如何耳！汝日日进步，则益友不求自至矣！自爱爱人，人安得不汝爱乎？

今再言夫役，余生平之仆役，自为学生至于今日，无一人不忠顺于我者，此何以故？无他，以人待之耳。世人往往以奴仆为次于平人一等，至目之为禽兽，随自己之喜怒以横虐之，不知彼亦人也。汝不以人待之，彼亦不以己为有人格，渐渐无所不为矣！尚欲其忠顺得乎？若能以严正驭之，而加以仁慈使知自爱，既知自爱，夫何不忠顺之有？

以上言在学校对于人之爱。兹复言对于物之爱，爱物亦公德也。公德心之大者为爱国家，为爱世界。在校先能爱物，而后始可望扩而大之。至于国家、世界、校中桌椅，非汝之所有，亦非我之所有，推而至于书籍、图报、讲室、斋舍、食堂、厕所、球场，亦皆非汝与我之所专有，而为学校之所公有。我所有者不过其一分，一方面既为我之一分，则我之物我爱而保存之，固宜一方面为众人之所公有，则众人我所爱也。爱其人自亦不应毁其物，如偶或损坏，务要到会计室自行声明，照价赔偿，不可佯为不知。因微物有价而人品无价，毁物不偿所省有几，而汝之人品全失。失无价之人品，余有限之微资，勿乃自贬太甚乎？同学见有此等事，应为立即举发，因彼所毁之物亦有汝之一分也。然此物之有形者也，尚有无形者，为团体精神与全校名誉。本校出版之诸种报纸、杂志，如《校风》《敬业》《英文季报》及未出版之《励学》等，皆团体精神也。较物资百倍可贵，则维持之、发扬之，应尽其力之所能及。至于全校名誉，其良否皆与尔各个人有关（理详上），则尤所不可忽也。

1916年1月19日

中国是一头沉睡的狮子

春假内余曾赴京，所受感动，当于今日，为诸生言之。校内于春假亦曾组织旅行团，与行者受益自必不少。旅行最要之点，即为得一新经历。因吾人每日起居动息皆有例可循，常而不变，必寡精神，至旅行则可引起兴味，再作何事，自能得良善结果。余之至京，其原因之最要者，意赴美后，要余演说者，必有其人，虽欲拒绝，恐亦难免，演说时如谈世界大局，自觉恐才有不逮；如谈专门科学，恐识有未足，即言身所历目所经之教育，又觉寡趣无已。其一，言中国之与东亚诸问题乎？此为关系美日中三国者。关系中日固矣，何以谓为关于美乎？盖与美所界，只一太平洋间，故亦有关系。此种问题美日皆有著作论说，而中人则阙然久未及此，且常有外国友人对余提及。故虽觉不足，亦以尽厥责任为目的。曾思中人对于此种问题较他人知之应为更稔，而况余侪教育中人乎！此所以必不得已于言也。然徒恃一己之眼光，而不知他人之论调，又乌呼可！故必参考美日之议论，然后言时较为圆满而有把握。余至京以此意告之西友密司忒葛雷。葛君言政府顾问英人莫理逊君处，藏书甚富，且多关于中国之与东亚诸问题，莫君曾为伦敦《泰晤士报》主笔，前八年以顺直禁烟事余曾见之。今得葛君介绍，往访其人，得伊欢迎。且定于某日上午十钟涉猎其所藏书，至时赴约往视。其屋之小大，不下本校礼堂，书架满屋，琳琅满架，较之处则充栋宇，出则汗马牛，殆有过之。内分书籍杂志等，其书各国文字皆备，内约百分之九十余为英文，以著作者既多英美国人；而他国人亦间有用英文者故也。其余为法文、为德文、为拉丁文、为瑞典文。法文所载，率为云南、广西二省之土地风俗人情、矿产等；德文所载率皆关于山东之情形；拉丁文则为罗马教士初至中国所记载；瑞典文则寥若晨星，不多观矣。一时不能遍观，伊为我介绍数册，后又视其法文所书之关于云广者，其中绘图之精，中国书籍中殆未之见。以其他与安南毗连，故彼觊觎最

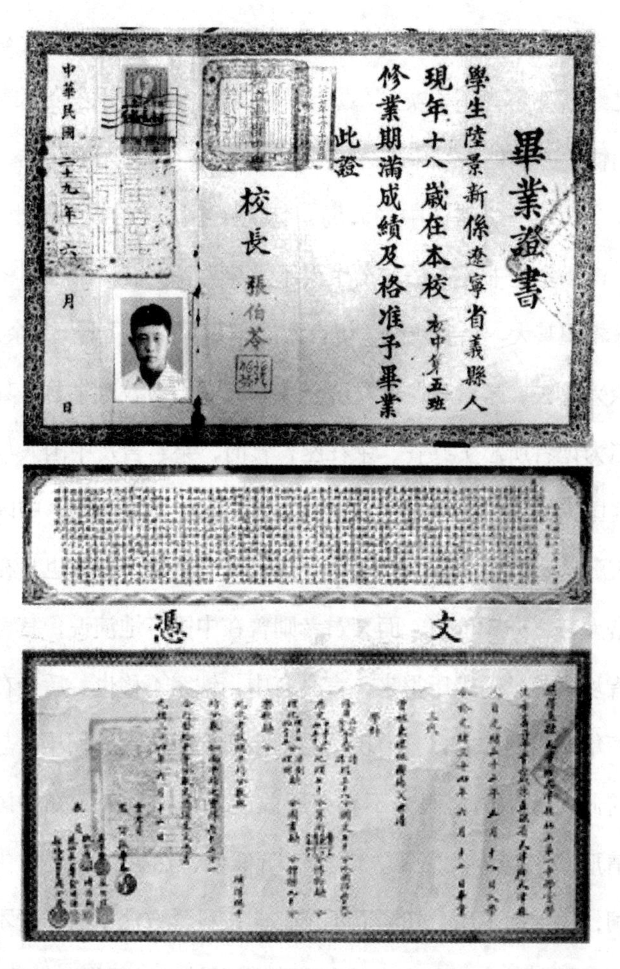

畢業證書

學生陸景新係遼寧省義縣人

現年十八歲在本校高中第五班

修業期滿成績及格准予畢業

此證

校長　張伯苓

中華民國二十九年六月　日

文憑

上图为1940年私立南开中学毕业证，由校长张伯苓先生签发。下图为私立第一中学堂（南开中学）1908年毕业文凭的下半部分。其上端部分所印，为慈禧皇太后懿旨。该“文凭”为纸质，宽36厘米，长46厘米。与我们常见的毕业证书有所不同的是，该“文凭”还标有祖宗“三代”的名字。

力。德文中则有五厚册关于山东者，莫君对余曰："若辈之经营亦不为不力矣。"真概乎其言之。余闻听之余不寒而慄，方知他人较中人之知中国之多，有过之无不及也。

嗣后与之略谈中国大局，其批评中国政治缺憾甚当。且曰满室之书无一语敢谓中人不足有为者。彼对于中国将来希望甚大。余要演说，伊言演说非其所长。及十一钟余，余兴辞去。是日晚，葛君请一英国大学历史教育某君（其名为记者所忘）共餐，余在座，食时，某君言及中国人与他国人皆谓中国古国也，地利率皆用尽，是诚大谬，中国宝藏甚富，蕴而未开，可享之数世而有余也。斯言也，在常人言之亦无价值，而某君者则曾在中国各地演说，其言皆从调查学问经历得来，言必有中，铁案不移也。后余在清华学校居住数日，潜玩莫君为余所介绍之书，阅毕，与前此对于中国之眼光不尽有所改变，方知吾人欲知中国情形，必观外人书籍。斯言乍听似偏，然吾中人之对中国，语焉而不精，知焉而不详，非按科学方法所研究既不能一致，故亦不能谓之真知。彼则以社会、经济、博物、政治、宗教等学理分类揭出，故有规则，有条理，较之中人所述似为较胜。昔苏格拉底有言曰：Know themselves。

中人之病，即患在不自知。诸生知夫睡狮乎？其齿非不利也，爪非不尖也，力非不猛也，徒以睡故而失去知觉，麋鹿欺之。故欲有为，必先恢复知觉；而恢复知觉即在awakening“醒”之一字也。此字也昔曾言之而不知之，今则能谓真知矣。盖此字非阅历、思想不能知也。余今日之题为 *The New Hopes of Old China and the New Responsibilities of Old Nankai School*（旧中国之新希望与旧南开之新责任）。夫世界各国各尽厥责，如德昌潜艇政策而美抗之尽其责也。而中国如何？睡狮知觉之无有，中国何责之能尽？虽然中国人岂真不能尽责而有为耶？则固知莫理逊之言，无人敢谓中人不足有为者，与某君之谓，中国地利可数世享之而无穷，不我欺也。推原其故，睡狮所短者，精神也；而中国所短者，亦精神也。精神何以短？以性好保守也。譬之以奕，能取能弃，欲取姑与，方能致胜。……譬之种粮，必先撒种于地，待之半年，方能刈获。若数事者，岂保守之人所能为哉！此中人之所短者也。何谓旧中国新希望？中国所少者，岂官吏乎？岂一班人民乎？亦皆非也。所短者，即为五十年或百年后造福利之人。何谓旧南开新责任？即为余与诸生从兹立志唤醒一己，唤醒国人，醒后负责任为世界发明新理论、新学说，使世界得平安，为人类造幸福。此为余春假中所得者，亦为所望于诸生者，而又赴美后所欲以演说者也。

1917年4月11日，有删改

在南开学校全体教职员会上的开会词

余在各地学校常与人谈，中国教育越办越糊涂。吾常言：读书可赚钱，只不可赚混账钱；读书可求个人之生活，更求大众之生活。……如此作去，要自问是否与教育宗旨相合？是否与教育学生之目的相合……试问，学校之设施是否合乎国家之需要？对于学生之输入，是否合乎社会之需求？造就之人才，是否将来有转移风俗、刷新思潮、改良社会之能力？若曰不能，是自小视教育也……若仅为个人增加知识技能而办教育，则教育神圣亦不足称矣。吾人……实具一改良社会之希望，因此次休课之暇，乃举行香山会议[1]，以慈幼院为开会之所，列席者有本校各课主任及各班学生代表数人，借此以征求各班学生之意见。

此一段话，说香山会议成立之历史。在香山前后一个礼拜，所讨论者凡四十议案。精思细想，得有此一大结果。吾不得不感谢诸列席者，研究心之富，办事心之勇，为吾南开辟一新纪元，开一新道路，建一新楼台。

此四十议案中，有讨论有结果者，有讨论尚须有审查者，有讨论未有结果、待此半年继续讨论者。其中最要之点：

（一）校务公开。学校一切事，不是校长一人号令，应大家共同商量，所以要大家同负责任。有了此种力量，才能一致的奋斗，况教育目的不是饭碗，安有高过此的意思？若要达到这种意思，非得全体一致的动作不可，所以校务要公开。

（二）责任分担。全校师生既是都负责任，必须认定

① 一九二一年一月，张伯苓为革新校务，召集南开学校教职员及学生代表约二十人，在北京香山慈幼院开会，与会者提出并讨论了四十项议题，会议开了六天，将所议事项汇辑成《香山会议报告（四十项）》。

自己的责，尽了自己的职务才行。史稀芬有言："决无一时就好的事，非得除了自己病不可。"我们在教育界作事的，没有贪的机会，但觉努力犹小，要广造新青年才行。然而若造新青年之改良新社会，决不是在书本上就行的，非得以身作则，用精神感动不可。

（三）师生合作。此项决议非空说即行，我们此次到西山，有学生十几人。当时学生中有说，学生同去，恐于说话不便。然既同往时，大家一齐讨论，一同饮食、居住，精神是非常之好。盖无形之中即能感动。

此后即将此种精神推于全校师生。吾得有暇，以办筹款事务。至于师生校务研究等会，已有《香山会议报告书》，兹不赘书。

1921年3月4日

改造南开

本校自逾千人后，因地址不足总未召集全体集会。今日因要事不便分两次报告，乃召集一次全体集会。女中部已于昨日集会，明日尚拟至大学部作同样之集会。

此次集会之目的为“改造南开”。此语骤闻之似无甚意义，盖年来本校气象颇盛，尚何改造之可言？殊不知本校至本年十月十七，虽已届二十周年，此二十年中，本校虽已能排除一切困难而继续进步，而去岁暑假，遇前此未有之巨大变动，本校舍由一而分裂为三。去岁既分力于大学之建筑迁徙及一切新组织，而女中学亦适于暑假后创始，其困难实较以前为更甚。盖辛亥学潮，直皖、直奉诸役，虽皆影响及于学校之发展，然其势力皆自外来，远不及此次因自身扩张而生者之重要也。至于今日，已历一学期，诸种困难幸均已平安渡过。以言经济，至去岁年关，虽亏款三十余万，自可陆续归还，即万不致入于无办法之途而已；至于精神方面，则实不如预料所期，今既已度过经济难关，乃充多注意于精神之整顿。由此可知，南开学校之所以改造，其一因有改造之余地；其二因有改造之余

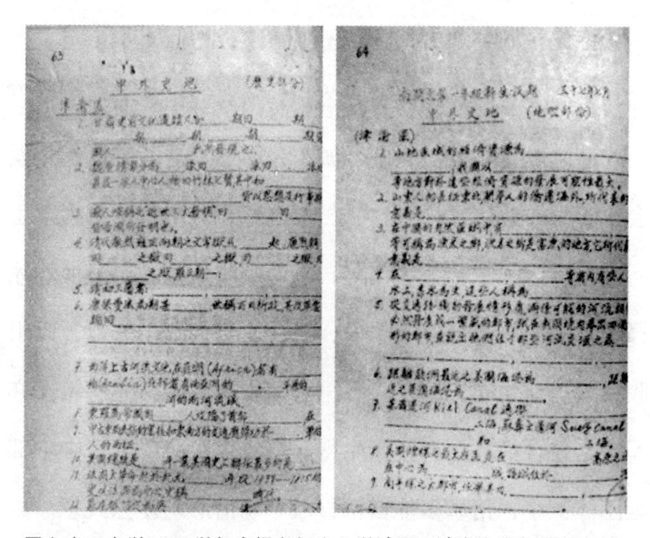
63

中外史地（历史部分）

64

中外史地（地理部分）

国立南开大学1948学年度招考新生入学试题，试卷为当年原版存档。这也是目前南开大学档案馆能找到的最早的一套南开入学试卷。因为南开大学在办学历史中曾遭受侵华日军轰炸，1946年在天津复校后才开始重新独立招生，所以这份1948年的入学试卷，就显得尤为珍贵。从这份试卷看，当时的考题非常有意思，有的看起来还很新潮，非常贴近时事，这也体现了当时南开在人才选拔和培养标准上的侧重。

力。日前曾有一学生家长对吾言，谓将学生送入南开，即答放心。吾即答以吾辈即因之不能放心矣。此亦可谓改造之一因，即永不自满而使之常常在改造中也。

吾尝闻人言，学生对学校总不能满意，此语殊难索解。岂学生与职教员之利害正相冲突耶？吾以为教育之目的为一致的。学生与职教员其利害苟一相对，则必系一方面认错此方向矣。试就学费一项言之，初似为学生与学校之利害冲突点。然苟能财政公开，则自能相谅矣！故吾以为改造之最重要方法，即开诚布公而已。盖冲突每起于误会，若学校办事之认真，教员授之毫无假借等，每为学生所误会，以为故与彼等作对，然苟解明其故，自能涣然冰释矣。吾印成建议书数千份，当分之全校师生校役，以求收集思广益之功。诸生可各思有何种建议，即偶有错误亦无妨，盖吾借此更可使诸生得一自省之机会也。女中学部因团体甚小，诸事多能自治，故一切情形均差强人意。男中学部团体虽甚大，然亦可分班组织自治会，不然固不能及女中部，且学校亦无能为力也！

吾前已言，改造之要点在“诚”。以吾之经验，人苟欲有所成就，盖亦无地不须借助于“诚”。本校中之青年学生，亦必因此字而得进步。且此种建议书可对学校，亦可对自身。例如思自身有何可改之处及改革之理由，再及于改革之方法，不自欺，不松懈，道德学业自皆可日进矣。总之，本学期全体师生，均能有一种改造之新精神，然后本校之前途乃克有绝大之希望。愿共勉之。

1924年2月21日

今后南开的新使命

这次本校刊印二十三周年纪念特刊，承编辑诸君邀我为文，使我借此机会与校内外诸同学略倾几句想说的话，心里很觉欣幸快慰。

我想诸位都知道我们南开学校过去二十三年的历史，是无日不在风雨飘摇之中。频年经费的困乏，几次灾害的侵迫，都足以致我们学校于死命，陷我们学校于停顿。然而这样辗转患难卒能成立到现在，并且蓬勃滋长，前进未已，这实在一方面是靠社会诸公同情的扶助，一方面是靠本校同人热忱的奋斗。所以在此，我先要对于他们诸位表示一番谢意！

本校成立到现在，在社会上所居地位若何？我想诸位在各方面当然可以听到看到。但是我们所以能负此时誉，决不是因为我们校舍比人大，或是学生比人多，实际还是靠我们所产的“果子”品质精良。因为诸君出校后在社会各方都能稳实从事，人格上、学问上又能奋斗向上，处处发扬南开的精神，随时怀着救国的志愿。这一点我以为正是本校对于社会的贡献，也就是诸君赐与母校的荣誉。所以在此我对于诸位离校同学也当深深表示感激！

我在三十年前肄业北洋水师，当时因为看到国事日非，外侮频亟，觉得要救中国非从教育入手不可。所以就与严范孙先生合创私塾，那时惨淡经营，校舍很是简陋，设备也极不完备，其后历了几许患难，经了几许奋斗，才能扩张到现在这样。为斯缔造经营，无非要想达到教育救国之目的。不过我以前所采取的方式，与现在稍有不同，也可以说那时的方法是没有到十分彻底。因为我以前终以为中国之积弱，是只在我们个人没有能力，所以一切不能与外人并驾齐驱，并且想以我们四百兆之众，苟有一天能与外人一人敌一人，则中国之强就可翘足而待。故一向对于教育方式，都按此目标向前进行。迨至近来，因经多方观察，觉中国至深之病，实不在个人之没有能力，而在个人之缺乏合作精神。我们且从智力方面讲，许多留学外洋的学生智力何尝真比外人低，学校考试的时候，第一名还往往多属中国人；其次再从实际方面看，多少经营贸易的商人，致富的本领有时只比外人来得大。然而一谈到国家，他们终是富强，我们终是贫弱，这原因究竟何在？难道仍是我们个人能力不逮的毛病吗？一经细察，就觉事非尽然。现在列强之所以能致富致强，实在是靠他们人民团结的能力，因此他们有强有力的政府，可以作他们一切事业的保障，并且可以凭此与外人抵抗。反顾我们中国，人民虽众，只是一盘散沙，人各为己，凭什么力量能与外人抵抗？我们要以个个人的分的力量，与人家全人民团结的力量去折冲争御，这岂不是以卵击石，终归失败吗？所以在此我觉得我们中国现在实有训练团结的必要。我们全国人民现在最低限度的希望是要有一个独立的国家，一个良好的政府。所以我们现在一方面是要使人民有组织的能力，合作的精神，负责任肯牺牲，没有名利之思，不作意气之事，什么事都以国家为前提，如此人才，将来组织政府才能使政途清明、政治稳固。这正是我们现在训练的目标，也正是我们南开的新使命。

所以现在本校对于此点已积极进行，凡校内各种组织都加以特别指导和辅助。

此外，一方面要使人民有政治常识，了然于世界大势，对于各种关系本国切身利害问题，尤当实地研究，如此做去，才能得到真正的补救方法。关于此点也正是我们南开重大的使命，所以本校现在也已在实地进行。学科方面，现都特别注重学生应有的根本常识。近来更要有满蒙研究会之组织，凭着我们去空谈重实行的精神，我们要把满蒙问题能够实际解决。当然我们中国问题，不只满蒙一个，此外如关税、铁路等等，何尝不都是关于中国切身利害的问题呢？我希望我们将来都要把它们拿来细细研究，并且希望校内外同学能够互相联络，多多探讨，这样我们的教育方针，才不至于空虚，我们的救国目的，才不至于妄谈。

最后我还要提醒大家一句话，就是我们应该通力合作、固结团体，实现我们最低限度的两个要求—— 一个独立的国家，一个良好的政府！

1927年10月17日

南开的目的与南开的精神

各位同事，各位学生；

今天是南开大学第十七学年开始的日子。南开的历史，不从大学起，而从中学起。从中学起现在已有三十年。十月十七日就是三十周年纪念日。这三十年来，南开各部连续的发展，我的感想甚多，特来和各位谈谈。

三十年前，中学正式成立。彼时还在严范孙先生家里。在这以前，还有六年的历史，也在严宅，那是个家塾，后来才成正式的中学。中学成立之后，添设大学，又添女中，又添小学。所以南开的历史可说三十年，也可以说三十六年。无论三十或三十六吧，在此三十或三十六年中，翻看或回想中国历史的人，一定觉得变化真多。学校的历史，也恰恰在这变故极多时期。学校之所以成立，确有它的目的。这目的，旧同事和老学生，大概知道，其余的人，或者不知道。

天津有个有名的学者严范孙先生。他读的是旧书，是中国书，但是他的见解，确不限于中国的旧学。他把时局看得极清楚。他以为中国非改弦更张不可。他作贵州学政的时候，所考的是八股，而所教的是新学。现在在本校贵州学生的父或祖，就许是严先生的门生。严先生倡改科举，改取士的方法，触了彼时朝廷——西太后——之怒，便不作官，回到天津来。戊戌年，个人万幸，遇到严先生。自己本来是学海军的，甲午之后，在海军里实习，彼时年纪二十三四岁，就看中国上下多争利，地大物博、人民众多，而不会利用。彼时自己的国家观念很强。眼看列强要瓜分中国，于是立志要救中国，也可以说自不量力。本着匹夫有责之意，要救国，救法是教育。救国须改造中国，改造中国先改造人。这是总方针。方法与组织，可以随时变更，方针是不变的。中国人的道德坏、智识陋、身体弱，以这样的民族，处这样的时局，如何能存在？这样的民族，受人欺凌，是应当得。再想，自己是这族人中之一个。于是离开海军，想从教育入手。真万幸，遇到严先生，让我去教家塾。严先生之清与明，给我极大的教训。严先生作事勇，而又不慌不忙。有人说，旁人读书读到手上来了，能写能作，或是读到嘴上来了，能背能说，而严先生读书，真能见诸实行。我们称赞人往往说某某是今之古人，严先生可以说是今之圣人。他那道德之高，而不露痕迹，未尝以为自是好人，总把自己当学生。可惜身体弱——也难怪，书房的环境，身体如何能好——七十岁便故去了。死前也有几年步履不灵，然而心之热，是真热，对国家对教育都热心。我们学校真幸会由严先生发起，我个人真万幸，在严先生指导下作事。

发起是如此发起，目的是要救国。方法是以教育来改造中国。改造什么？改造他的道德，改造他的知识，改造他的体魄。如此作法，已有三十年。这三十年，时时继续努力，除非有战事，是不停学的。如辛亥革命，局面太乱，停顿几月。记得那是过了旧历九月七日——学校历来的纪念日，后来才改为阳历十月十七日——纪念日过了不久，就停学，下年正月才能开学。以后便未这样长期的停顿。如直皖之战，李景林与张之江在天津附近打仗，奉直之战，不得已停几天，但凡可以，就开学。在座的旧同学旧同事，都还记得，两次津变，不得已停学，不几天又开课，开课就要求进步！

今年的进步，从物质方面说，有中学的新礼堂，女中的新宿舍，小学也有添置，大学也新添教员住宅和化工系的试验室。有人说，华北的局面危险如此，你们疯了，添盖七万四千多块钱的房子。我说，要作，这时候就作，要怕，这三十年就作不成一件事。有人说，南开应该在内地预备退身的地方，我引《左传》上的话回答："我能往，寇亦能往。"

不错，盖了些房子，然而房子算什么？书籍算什么？设备算什么？如果你们有真精神，到哪里都可以建设起来。学校发达，国难也深，比以前深的多。不怕，所怕者，教育不好、不当，不能教育青年得着这种精神。你们也要这样，不把物质放在眼中。物质是精神造的，精神用的。在这一年以内，增加许多设备，人家看来，一则以为糊涂，二则惊讶。钱从哪里来的？想法去弄的。只要精神专注，样样事都可以成功。前星期有个朋友曾仰丰来看我，他是我第一次到美国的一个同船。他说他未到过中学，我便陪他去看，看见那里的建筑，他问，哪儿来的钱？我说，变戏法来的。反正不是抢来的，要是抢来的，现在早已犯案了。他问我学校一共有多少产业。我算了算，房子有一百多万，地皮七八十万，再连书籍设备，大约有二三百万。我也不知钱是怎样来的。我也不计算，我就知道向前进，我决不望一望，自己说："成了，可以乐一乐了。"作完一件事，再往前进。赌博的人不是风头顺就下大注么？我也如此。往前进，能如此的秘诀是什么？公、诚，未有别的。用绕弯方法不成，骗人还会骗几十年？谁有这样大的本领？事情本来是容易，都让人给弄难了。曾先生听我的话点点头。我又说："我一人要有这样大的产业，我身旁就有些人保镖了，还能坐辆破洋车满处跑？"

这并不是我好。我只是说，如果公，如果诚，事就能成功。我的成就太小太小，你们的成就一定比我的大得多。成就的要诀，我告诉你，先把你自己打倒。当初我受了刺激，留下的疤很大，难道你们受了伤，不起疤么？受了刺激，不要嚷。咬牙，放在心里，干！南开的目的是对的，公与诚是有力的，干！近来全国渐觉以往的浮气无用，渐要在实地下功夫，要硬干，要苦干。我们的道理，可以说是应时了。我看见国人这样的觉悟，我就死了也喜欢。我受了刺激，我不恨外国人，我恨我自己为什么不争气。近来国人也知道自责了。所谓新生活运动，就是回头看看自己的作法，孔子教人“失诸正鹄，反求诸己”。射箭射的不好，不要怨靶子不正，怨自己！我给你们说个笑话，当初考武考讲究弓、刀、步、马、剑。有一次县考，一个生员射箭，本事不好，一射射到一个卖面的人的大腿上去了，县官大怒，要罚考生。卖面的说，大老爷请您不要动怒，这算小的腿站错了地方，如果小的腿正站在靶子那儿，这位爷不就不会射上了？

前些年，国人太浮，嚷嚷“打倒帝国主义”，嚷什么？这么大的国，还受人欺负，是自己太没出息。好了，现在也不嚷嚷了，当初领着学生们嚷嚷的人，也作官了。全国人的态度转变，与我们所见的相同，不责旁人责自己，近来新生活运动的规律，同旧日中学镜子上的话很相同。当初中学的大门口，有一面穿衣镜，为的是让学生出入的时候，自己照照自己。镜子上刻着几句话：“面必净，发必理，纽必结，胸容宽，肩容平……”我还常教学生，站不直的时候，把胳臂肘向外，就立刻站直了。此外，烟酒绝禁，嫖赌，一查出就革除。我以为发挥我们的旧章，认真执行，就是新生活。近来看着全国有觉悟，看到自己不行自己改。凡是一个人、除了死囚之外，都有机会改自己，都有希望。现在中国要脚踏实地，我认为这真是最要的觉悟，最大的进步。全国的趋势如此，我们也不落人后，发挥南开旧有的精神，认真实行。

再说，你们的先生，我的同事，真不容易请来。钱少，工作重，这是大家都知道的。别的学校用大新水来请，也请不去。这种精神，是旁处少有的，实在可以作青年的榜样。新来的学生，也知道这里的功课紧，学费重，然而为什么来？不是要得点什么嘛？近来的大学生毕业之后，就有职业慌；而我们今年的毕业生，七十几人，十成里有九成以上都是找着事了。为什么？不是因为他们肯干么？先生热心，学生肯干，我们正好再求长进，以后要想侥幸，是未有的事，托个人，找个门子，不成，未有真本事不成。

今天是开学之始，又近三十周年纪念日。我们学校已进了一个新阶段，还作，再作。前三十年的进步太少了，此后要求更大的进步。人常说，学生们是国家的主人翁，主人翁是享福的吗？主人翁是受罪的。我说过不知多少次，奴隶容易当，主人难当。作奴隶的，听人的调度，自己不要操心；作主人就要独立，要自主，要负责任，然而有思想的人，宁可身体不安逸，也要精神自主。你们都是主人翁，就得操心，就得受罪，你趁早把这一项打在你的预算里头吧。

我们国难日深，然而还有机会，还有希望，就怕自己不发良心，不努力。我快六十岁了，我还干，一直到死，就决不留一点气力在我死的时候后悔，“哎哟，我还有一点气力未用”。我希望你们人人如此，中国人人人如此。学校三十周年，而国难日深，所可幸者，国人已知回头，向我们这边来了。都要苦干，穷干，硬干。我们看国人这样，一则以喜，一则以惧。喜的是志同道合，惧的是坚持不久，不管别人，我们自己还是咬定牙根去作。

这次天津的学生，到韩柳墅去受军事训练，我以为很好。中国人向来松懒，乱七八糟，受军事训练，使他们紧张。我常说中国人的大病在自私，近来又加上一种外国的病——自由。你也自由，我也自由。不自由，勿宁死。我有个比喻，一边三个人，一边五个人，两边拉绳子，如果五个人的一边，五个人向各方面拉，三个人那一边，三个向一面拉，三个人的那一边必定得胜。这是我教人团结、教人合作的老比喻。中国人的病，就是各拉各的，拉不动了，还怨别人为什么不往他那一边拉。自私，打倒你自己。说什么自由，汉奸也要自由，自由去作汉奸。孙中山先生的遗嘱，说："余致力国民革命，其目的，在求中国之自由平等。"是要中国自由，现在中国动都动不得，你还讲什么个人自由？求团体的自由！不要个人的自由！从今日起，你说"我要这样"——不行，一个学校如此说，也不行，要求整个国家的自由，个人未有自由，小团体未有自由。我们从外国又学来一种毛病——批评，人家的社会已入轨道，怕他硬化，所以要时常批评。我们全国的建设什么都未有，要什么批评？要批评，等作出些事来了再批评，要批评，先批评自己。最要紧的批评是批评自己。现在有许多人，在那里希望日本和苏俄快开战，愿意他们两国拼一下。你呢？你不干就会好了么？孔子的话是真好，颜渊是孔子的大弟子，颜渊所问的，孔子还不将全副本事教他？颜渊问"仁"——孔子答道："克己复礼。"好个克己！你最大的仇敌，是你们自己。中国人，私、偏、虚、空，非将这些毛病克了不可。孔子答子张的话也好，“先事后得”。作你的事，不管别的。现在的人还未作事，先打算盘。吁！你把你自己撇开。我们要作新人，我们要为民族找出路。这是我们的最后的机会了。再不争气，惟有灭亡。我们学校，今年要发挥旧有的精神，更加努力，先生肯牺牲，学生不怕难。你们不要空来，要得点精神，要振作精神，打倒自己，你一定行。参加军事训练的学生，先觉难受，后来也行了，行也行，不行也行，也就行了。逼你自己作事，你对自己一定有许多新发现。日本人就是这样去干，他们的方法，总是置之死地而后生。我总想中国人的筋肉太松，我恨不得打什么针，教他紧张起来，本来就松，又讲什么浪漫，愈不成话。

前者有学生的家长，赞成军事训练，并且以为女生也应该学看护，这见解是对的。女生也要救国，救国不专是男子的责任。我以上的话，也不专是对男生说的。好，我们大家努力起，全国在振作精神，我们不能落后，好容易他们入了正路，我们更当作国民的前驱。

1934年10月17日

最后的胜利是我们的

中华民族决不会亡，最后的胜利是我们的。

中国几百年来，不能说没有人才。但所有的人才，都是居于下位，不能充分发挥他们的才能。现在好了，这也是中国的国运，我们有好的人才，他就能居于领导的地位，只要我们全民族信仰他，再献出我们的汗和血，去供他自由调遣与使用。敌人的炮火虽厉害，终是烤干不了我们的鲜红的血的，我们还有什么值得悲观的呢？我们有广大的土地，我们有众多的人民，只要力量能集中，精力不浪费，我们一定（胜利的）……

可是，话又得说回来哪，日本也并非弱敌！中华民族要度过这千钧一发的难关，也得花上相当的代价。我们现在固然已受到相当痛苦了，但我们要想着未来的更大的痛苦。我们要以安闲的心情，去接受去度过这更苦难的日子。现在我们没有后悔，我们只有打下去，在战争中去创造新民族，去建设新国家。我们应当感谢日本，他给我们全民族指示了应走的道路。那就是日本以为对的，我们认为是不对的；日本认为不对的，我们认为是对的！

我既然不想做官，我自然不会偏袒于某一方面。我只知道国家民族的利益，在民族利益第一的前提下，我既然负了这责任，当然有义务促进各党派更进一步之合作。不久我就要到汉口去了，也许就葬此身于敌人的炮弹片中。但，既然是中华民国的国民，政府又用到自己，当然应舍此身以报国。我老了，我还等待什么？我只求报国机会的到来。

你们都是南开的学生，你们都应爱护南开的精神！南开学校的创办人严范孙先生，他的伟大的人格与高远的见解，处处值得"南开的人"警醒！……

我得着严先生这一点启示，毕生奉行不倦，硬干去，死干去，终能为中华民族造出了一些人才，终能使日本人知道中华民族尚有些青年是不可侮的，是值得他们注意的。侥幸得很，南开学校的创办人是严范孙先生，你们是南开学生，你们得体会着南开精神努力干去。抗战的最后胜利是我们的，中华民族的建国事业是你们的，你们努力干吧！

1938年7月，有删改

参加选举的意义

诸位同学：今天请诸位来的时间，原是三点半，我在前十五分来到，同学已到十分之七，仍是当年准时上班情形，恪守时刻，很是可喜！

今天请诸位来，缘于前几天我个人和几位校友谈过的一个意思，得到他们强烈的反应，所以请诸位来简单谈谈。

学校在津成立已四十三年，我办教育起于为国，过去受日本压迫甚大，才又在重庆设立一校。抗战时期，困难更多。胜利以后，又生出种种困难，天方放晴，忽又转阴。我想，南开是颓唐下去？我想南开一向是顶着向前干的，今日不许颓唐，仍要向上，继续顶着向前干下去！

……要做民主政治工作，我们应从学校发祥地——天

1919年9月25日，南开大学举行开学典礼。

章辑五、文进之等体育教师与南开学校越野赛跑队合影。

津做起。本市政治工作人员，嗣后将由选举方式产生，要选好人担任。我们身在天津，如选举不好，便身受其害。再说选举亦是我们的责任，希望大家不要放弃。民主政治给予大家选举权利，世界潮流亦是民主的，所以大家亦不应放弃……这是请诸位来会的第一个意思。

另一个意思，今日现况，国内沉闷，世界沉闷，沉闷就是不动，我以为与其沉闷，不如动，动的就没有忧郁，颓唐就苦恼更多，南开一向顶着走，今日仍然要顶着向前走。今日虽然阴晦，将来一定光明。中国人最多，聪明智巧；地大，物虽不博而丰富，建国很容易。所以大家不要颓唐，不要苦闷，要提起精神来高高兴兴地做事。

再说，天津各团体召集几百人在同一目标参与民主工作很不容易；但南开出校同学团结起来，一定发生很大的效力。现在我们先从选举参议员入手。

我们参加选举，要仍本着南开“公”“能”精神，要选肯负责能做事的人出来任事，我的意思绝不是要大家选举某某人，更不是要造成一个机会给任何人运用。

我请大家来，目的是使大家注意政治，选举好人。这个意思我曾和几位校友谈起，都很以为然。所以我们要组织公能学会，实现这种理想。

我国人从不干涉政治，以往我亦如此，但现在须要干涉政治。今天你不干涉它，它会来干涉你，政治不良，便身受其害。我们参加选举，不是竞选，不是争地位，目的是要选举贤能出来担任工作，这是选举的良好的真正意义。我们成立这个会，志在选举好的人出来做事，不是己谋其位，这是“公”；要能择贤选能，让他为大家做事，这是“能”。津市政治，至少能维持今日状况，甚且必能更有进步，这是我的一点小意思。

1947年6月29日，有删改

历史是未来的一面镜子

本人最近第四次由美返国，各方友好及南开同学，每以世界现势、中国前途及南开复兴三事见询，兹简述所感如下。

本人自认是一个乐观者，南开同学又替我起一个浑名，叫“不可救药的乐观者”。但我的乐观是有根据、有理由的。

古人说，“鉴往知来”。历史是未来的一面镜子。我们从人类的经济生活上看，撇开原始的社会形态不谈，封建制度是给资本主义制度清算了的，现在又有社会主义制度出来清算资本主义制度了。从人类的政治生活上看，与封建制度相配合的，是专制的政体；自从资本主义制度兴起，有些国家实行君主立宪，有些国家改为共和政体。尽

天津南开学校。

南开女子中学的学生。当时社会上还是普遍认为女子不用读中学，上完小学就够了。女学生们抱着继续接受教育的热情恳求张伯苓。于是，1923年，南开女子中学成立。

管像德国、日本和意大利，这些国家实行法西斯蒂独裁政治，想把前进的历史拉回几十年，然而，事实俱在，暴力是扭不转历史发展的法则的。

历史发展的路线，尽管迂回曲折，但终结的方向是自由平等与幸福。第二次世界大战结束迄今，已有一年又五个月，反法西斯蒂阵营中的反动分子，竟师承法西斯蒂的故技，或向弱小民族施虐，或在制造三次大战。然而，这股逆流在全世界爱好和平与民主的人士之前，也就在浩浩荡荡主潮之前，已经渐渐低头了。

第一次世界大战的结束，产生新的苏联，第二次世界大战的结束，应该产生新的中国。中国的政治哲学根据《大学》上一句话是“修身，齐家，治国，平天下”[①]。现在，世界向寻求永久和平的路上走，天下可望日臻太平，正是我们治国的大好机会，千载难逢，不可再矣！

最后一言南开。南开大学现改为国立，限期十年，期满仍改私立。本人办学，为的就是国家。南开在津校舍于

① 见《大学》第一章，原文是：“物格而后知至，知至而后意诚，意诚而后心正，心正而后身修，身修而后家齐，家齐而后国治，国治而后平天下。”

七七事变后为敌机全部轰毁……现在抗战胜利，南开暂时改为国立，正表示国家对南开负责。南开中学还是私立的，一、二两分校设成都与昆明，最近计划在上海添办南开第三中学，至于第四中学，拟设在东北，在敌人实施奴化教育达十四年之久的地方办学，意义特别深长。

南开同学及各方友好最近问我，究竟要办几个南开中学，我的答复是简简单单六个大字“一直办到我死”。四十多年以来，我好像一块石头，在崎岖不平的路上向前滚，不敢作片刻停留。南开在最困难的时候，八里台笼罩在愁云惨雾中，甚至每个小树好像在向我哭，我也还咬紧牙关未停一步。一块石头只须不断地滚，至少沾不上苔霉；我深信石头愈滚愈圆，路也愈走愈宽的。

1947年7月24日，有删改